# 최유안

1984년 광주에서 태어났다.
2018년《동아일보》신춘문예에 당선되며
소설을 발표하기 시작했다.
소설집『보통 맛』이 있다.

KB109171

백 오피스

# 백 오피스

오늘의 젊은 작가 **34**

최유안
장편소설

민음사

# 차례

프롤로그

이혼하자.

강혜원이 정호준에게서 이 말을 들은 건 행사가 끝난 밤, 막 백 오피스에 들어섰을 때였다.

모든 게 완벽한 연회였다. 오랜만에 하는 행사인 만큼 모두가 비장한 각오로 임했다. 인원수가 갑자기 40명이나 늘어 식음료 팀 셰프와 매니저가 애를 좀 먹긴 했지만 덕분에 행사는 폐회까지 붐벼 보기 좋았다. 오버차지였지만 후원금과 회비가 넉넉해 주최 측에서도 당황하지 않았다. 서빙에는 한 번의 실수도 없었으며 조명과 온도도 알맞게 유지되었다. 박 선배와 문 지배인의 도움으로 선곡한 플레이리스트를 물어 온 고객도 있었다. 컴플레인 없는 행사는 수년에 한 번 나올까 말까 한데, 이번이 그랬다. 뿌듯한 마음에 강혜원은 행사장 이곳저곳을 감사의 눈길로 둘러보았다. 남은 여운이 행사장 곳곳에 온화한 빛처럼 고여 있었다. 통역 부스와 엔진 콘솔을 해체하던 파견 직원들에게 생기 넘치는 표정으로 작별 인사를 하고 백 오피스로 향했다. 간단하게 서류 몇 가지만 정리하고 집으로 갈 작정이었다. 오랜만에 10시 전에 집에 들어갈 수 있을 것 같았다. 호준과 맥주라도 한 캔 하며 이번 일에 대한 소회를 털어놓을 셈이었다.

— 이혼하자.

문고리를 잡고 서 있던 강혜원의 몸은 호준의 문자를 받고 마른번개라도 맞은 것처럼 굳어 버렸다. 겨우 네 개의 글자가 영원의 깊이로 혜원을 잠식하는 느낌이었다. 호준에게 전화를 걸었지만 받지 않았다. 그대로 텅 빈 백 오피스를 뛰어 나가며 컨시어지에 전화를 걸어 택시를 한 대 잡아 달라고 부탁했다. '오늘도 수고했다' 인사를 건네는 도어맨 후배들에게 따뜻하게 한번 웃어 주지도 못한 채 차에 올랐다.

어제는 시댁 큰아버님 발인이 있던 날이었다. 장례식에 한번 가 보지도 못하느냐던 호준의 말과 표정이 머릿속을 스쳐 간다. 당신이 있잖아. 애써 웃는 혜원 자신의 모습이 떠오른다.

두통이 인다.

—자기야. 우리 같이 산 지 7년째야. 우리 아기 유란이 겨
우 여섯 살이야. 알고 있지?

—아이는 내가 맡을게.

한참 만에 도착한 메시지를 읽는 혜원의 눈가가 촉촉하게
젖는다. 그 말이 진심처럼 느껴져 덜컥 겁이 난다.

—무슨 짓이야. 내 입장은 생각 안 해?

—너 생각해서 여기까지 왔어.

혜원이 깊은 한숨을 내쉰다.

—바람 피웠어?

—아닌 거 알잖아.

정말 이러기야.

하고 싶은 말을 그대로 삼켜 버린다. 혼돈의 세계로 가는
문이 생각지 못하게 열려 버린 것처럼. 그게 마치 치마 끝에
풀린 실오라기 한 줄 때문인 것처럼. 강혜원은 떨어진 눈물방
울을 쓴웃음과 함께 삼킨다. 조금만 더 기다려 달라는 혜원
의 말을 그는 오해했음이 분명하다. 참을성이 강한 사람인데
이번만큼은 쉽게 물러서지 않겠다는 다짐이 느껴진다. 혜원
이 복직한 후에 호준은 혼자서 유란의 등원과 식사, 어린이집
의 자잘한 일을 도맡아 왔다. 프리랜서로 번역 일을 하는 그
는 결혼 후에 겨우 두 번 프로젝트를 따냈고 그마저도 아이
가 크게 아픈 바람에 마감 기한을 맞추지 못해 애를 먹었다.

호준에게 약간의 우울증 증세가 보였던 것이 그즈음이었다. 그러지 않던 사람이 혼자서 안주도 없이 술을 마신다거나 급격하게 말수가 줄었다거나. 참견하기 좋아하는 집안의 어른들로부터 들은 '못난 놈' 소리는 그의 자존심에 크게 상처를 냈다. 그를 상대해 주기엔 혜원도 힘든 날을 보내고 있었다. 딱 1년만 참아 달라고, 호준에게 말하던 혜원을 그가 기억해 주길 바랐다. 한동안 완전히 침체되었던 호텔업계에 이제야 겨우 생기가 돌기 시작했는데.

강혜원은 하필 이 시기에 이혼하자는 말을 들을 줄 미처 생각하지 못했다. 오늘 행사가 끝나면 당장 태형그룹 건을 따내기 위해 전장에 나서야 했다. 비슷한 크기의 행사장을 가진 거의 모든 호텔이 노리는 하반기 최대 행사, 태형을 잡는 건 자신의 능력을 입증하는 일이었다. 육아휴직을 끝내고 4년이 지났지만 혜원의 직급이 여전히 차장에서 가장 낮은 L등급이라는 것은 호준도 아는 사실이었다. 그사이 동기는 벌써 부지배인에 가까운 등급이 되었다는 사실이 마음을 더 바쁘게 만든다. 호준의 말을 일단 모르는 체하는 것 말고 강혜원에게는 다른 좋은 방법이 떠오르지 않는다.


집 안은 어둡다. 세 사람의 체취가 묻은 냄새 입자 사이로 켜켜이 녹아 있던 서늘함이 혜원의 코를 자극한다. 까치발로 복도를 지나 아이의 방을 향한다.

불 꺼진 방에서 혜원은 물끄러미 호준의 등을 바라본다. 이미 잠이 들었거나 혜원을 향해 항의의 표시를 하는 걸지도 모른다. 말을 걸어 볼까 한 발을 내밀었다가 호준이 등을 조금 더 안으로 굽히는 게 보여 멈춰 선다.

호준을 깨우는 대신 강혜원은 아이방 문을 닫고 나와 침실로 들어가 침대 위에 털썩 쓰러지는 쪽을 선택한다. 몸 구석구석을 채우는 건 어쩔 수 없이 소진된 하루분의 에너지와 누적된 피로다.

그렇게 피로를 이불처럼 덮고 혜원은 잠들어 버린다.

*

밤은 늘 짧다.

잠깐이었던 것 같은데 눈을 떠 보니 벌써 출근 준비를 해야 하는 시간이다.

정신을 차리기도 전에 혜원은 침대에서 빠져나온다. 뻣뻣하게 굳은 등과 목이 욱신거리고, 발은 퉁퉁 부어 있다. 침실 옆에 붙은 욕실에서 따뜻한 물로 샤워를 마친 후에 큰 타월을 대강 두르고 밖으로 나온다. 혜원에게는 하루 중 가장 편안한 시간이다. 하루를 시작하는 시간, 아무도 자신을 부르거나 필요로 하지 않을 순간. 5시 40분에서 6시 사이. 워터 에센스를 조금 덜어 얼굴에 대강 묻히고 수분이 빠져나오지 않게 크림으로 살짝 얼굴을 덮은 혜원은 아이가 먹을 간식을 부엌 식탁 위에 대강 챙겨 둔 후에 집을 빠져나온다.

정말 내가 그 정도로 못된 아내, 나쁜 엄마인 건가.

냉정하게 말하면 혜원보다 호준이 원했던 아이였다. 줄곧 피임에 신경 썼음에도 아이가 생겨 버렸다는 사실을 알았을 때 혜원은 어쩌지 못해 병원 로비 벤치에 앉아 울어 버렸다. 호준은 혜원의 손을 가만히 잡으며 아이를 낳기만 하면 육아를 도맡아 하겠다고 말했다. 그리고 약속대로 호준은 훌륭한 아빠가 되어 주었다.

오랜만에 받아 든 계약이 엉클어지고 새벽에 혼자 소아과 응급실을 몇 번 갔던 몇 달 전까지는 분위기가 나쁘지 않았는데. 혜원이 줄줄이 생긴 집안 대소사를 아무것도 챙기지 못했을 때 분노나 절망의 감정이 생긴 걸까. 혜원은 아이방의 문고리를 잡았다가 그대로 놓는다.

저녁에 다시 얘기하자. 빨리 들어갈게.

여전히 수신되지 않은 문자의 창을 덮으며 혜원은 희고 찬 바깥 공기를 잔뜩 숨에 머금는다. 두 볼이 찬 기운에 얼얼해질 때쯤 버스가 도착한다.

천천히 어둠이 걷히는 사이에 혜원은 모두가 자신의 자리를 찾아가는 아침의 모습을 가만히 들여다본다.

교복을 입은 학생들이 재잘대며 거리를 지나가는 것, 차고 맑은 겨울 공기가 가시지 않은 거리 곳곳이 사람들의 옅은 입김으로 물들어 가는 것, 영업 준비가 끝난 베이커리의 문이 천천히 열리는 것, 복장을 갖춰 입은 사람들이 하루를 보낼 건물로 하나둘 들어가는 것, 은행 지점의 커튼 안쪽에 불이 켜지는 것, 그렇게 하루가 어제의 모습으로 다시 시작되는 것.

휴대폰을 활성화시킨다. 습관적으로 뉴스 창을 띄운다. 늘 그러는 것처럼 손가락으로 화면을 움직이다 익숙한 단어 앞에서 멈칫한다. 혜원은 휴대폰을 조금 더 가까이 가져와 읽기 시작한다.

심장이 쿵 소리를 내며 내려앉는 것 같다.

1장

몸통이 가는 나무의 잔가지들이 바람결에 따라 흔들린다. 바람이 불규칙하게 몰려오는 모양인지 가지마다 움직이는 방향이 다르다. 유리창 너머를 바라보다 임강이는 얕은 한숨을 여러 번 나눠 쉬었다. 노트북 모니터에는 태형그룹의 진실을 밝힌다는 제목의 인터넷 기사가 띄워져 있고, 만들다 만 PPT 와 제안서, 태형에서 낸 공고문 아이콘이 모니터 하단을 가득 채우고 있다. 방금 터진 태형 비리 사건 관련 기사가 속속 올라오는 중이다.

10분 전까지만 해도 태형을 다룬 마지막 기사의 타이틀은 「태형, 친환경 에너지 개발 선두 주자」였다. 기업의 최종 목표가 수자원 개발이라던 전무의 인터뷰를 읽으며 이상을 좇는 태형의 모습이 아티스틱과 묘하게 어울린다고 생각했다. 한번 잡은 건은 끝날 때까지 놓치지 않아야 직성이 풀리는 임강이답게 행사 담당 업체 공개 입찰 공지가 뜬 즉시 태형의 사업을 속속들이 연구했다. 태형에 전화를 얼마나 했는지 담당자가 목소리를 알아챌 정도였다. '아티스틱'이라고 꼬박꼬박 이야기하는데도 매번 '아티스트'냐고 되물어서 피곤한 눈을 꿈뻑이면서도 상냥한 목소리로 고쳐 주었다. 벌써 한 달 넘게 새벽의 찬 이슬을 맞으며 퇴근했다. 누가 시키지도 않았는데 그랬다.

고장 난 히터에서는 작고 불규칙적인 삐익 소리가 끊이지 않는다. 구두 굽에 발뒤꿈치가 파였는지 까끌까끌한 피부에 통증이 일어 결국 10센티 구두를 발끝으로 내던져 버린다.

"어떡하지?"

알렉스의 눈빛도 절망과 황망 사이 어딘가에 멈춰 있다. 행사 주제를 고민하기로 한 임강이보다야 덜했지만 그 역시 제안서 첨부용 기업 소개서를 만들고 필요한 서류들을 떼느라 여러 날 분주했을 것이다. 지금 백재현이 함께 있었다면 두 사람을 웃기려고 시답잖은 말을 잔뜩 늘어놓을 텐데. 세 명이 함께라면 차라리 욕이라도 시원하게 한번 해 버릴 텐데. 임강이와 알렉스는 어쩔 줄 모른 채 망연히 앉아 있을 뿐이다.

세 사람에게 태형은 생존을 위한 마지막 보루 같은 거였다.

태형그룹은 석유 생산으로 연 매출 20조를 달성하는 에너지 그룹이었다. 매년 '청년들이 일하고 싶은 기업' 10위 안에 드는 기업이기도 했다. 선대 회장 때부터 쌓아 올린 탄탄하고 강건한 이미지가 재산이었다. 그러나 늘 그렇듯 강점은 시간이 흐르면 단점이 되는 법이다. 소비할 수 있는 화석연료가 한계치에 달해 가는 시대에 고집스럽게 석유화학으로만 기업의 존립을 이어 갈 수는 없는 일이었다. 비슷한 업종의 에너지 기업들이 속속들이 체질 개선에 나서면서 태형그룹 역시 신재생에너지 쪽으로 사업 포트폴리오를 바꿔 나가고 있었다. 아니, 신재생에너지 기업으로 이미지를 탈바꿈하는 것은 태형에게는 이미 기업의 생존이 걸린 일이었다.

　마이스업계에는 몇 달 전부터 태형이 9억짜리 행사를 기획할 거라는 소문이 돌았다. 이미지 변화를 도모하는 과정에서 적절한 이벤트들을 준비하고 있다는 거였다. 임강이도 그 소문을 들었고 태형의 공고가 뜨자마자 백재현과 의견을 나눴다. 모르긴 해도 아티스틱뿐 아니라 수많은 업체가 도전장을 내밀 게 틀림없었다. 대한민국이 다 알 만한 기업의 행사를 맡는 건 모든 기획사의 꿈이니까.

　'단독'을 붙인 최초의 기사는 태형의 자금 조달 문제를 집중적으로 다루고 있었다. 정부가 주도하는 친환경 에너지 계획 도시인 태진시 가정과 도로의 태양광 설치 사업을 태형이 맡게 되었는데, 그 과정에서 부정거래가 의심된다고 했다. 업체 선정 단계에서부터 태형이 내정되어 있었다는 거였다. 태진시에 근접한 지자체에 소속된 익명의 공무원과 야당 의원의 인터뷰도 실려 있었다. 태형이 불안정하고 값비싼 에너지를 쓰는 게 친환경인 듯 국민을 호도한다고 했다. 기사는 태진시 후원금과 본사 신축 자금이 부족했던 태형이 그룹 차원의 분식회계를 감행하고 있다는 새로운 폭로와 함께 끝을 맺었다. 검찰 측 의견을 요구하는 후속 기사가 쏟아졌다.

정경유착에 회계 조작이라니. 헛웃음만 났다.

임강이는 고개를 돌려 창을 올려다봤다. 팔 길이만 한 너비지만 너무 높아 청소를 할 수 없는 작은 창이었다. 서리가 끼어 뿌연 유리창을 이따금 잔 빗방울이 치고 지났다.

"나 잠깐 나갔다 올게."

회전의자 구르는 소리에 알렉스가 임강이 쪽을 바라봤다.

"같이 가?"

장난스러운 어투로 포장했지만 감춰지지 않는 쓸쓸함이 여운처럼 남은 표정이다. 고개를 저으며 임강이는 사무실을 가로질러 문 쪽으로 걸어갔다. 왼쪽 벽 위로 지난 행사의 LED 백월 조각을 떼어 내 만든 Artistique-Work Together, Happy Together 간판이 조악한 글자를 따라 보라색으로 반짝였다. 임강이가 걸을 때마다 굽이 땅에 닿는 소리가 기분과 달리 쾌활했다. 뒤꿈치가 구두 가죽에 쓸리는 고통이 미칠 것 같은 기분을 억눌렀다. 10센티 노란색 에나멜 하이힐을 골라 주며 점원이 말했었다.

변덕스럽고 우중충한 계절일수록 생기 넘치는 색을 쓰면 힘이 나거든요.

하이힐을 골라 준 그 점원뿐 아니라 하이힐을 만든 부르봉 왕가까지 연신 저주하며 임강이는 절뚝거리며 걸었다. 사무실 현관문을 열자 빛이 하얗게 쏟아져 들어왔다. 알렉스가 뒤에서 큰 소리를 쳤다.

"어이. 또 혼자 고민하지 말고."

인사를 대신해 힘 빠진 손을 들었다 내리며 임강이는 밖으로 나왔다. 옅은 빗줄기가 복도 유리창에 사선을 그으며 떨어져 내렸다. 복도를 따라 걸음을 디딜 때마다 바람에 덜컹거리는 창 안으로 매캐한 냄새가 들어와 머리를 어지럽혔다. 대여섯 개의 사무실 문을 지난 후에 건물 현관문 앞에 서자 한기가 느껴졌다. 축축해진 벽에 몸을 가만히 기댔다. 한숨이 쏟아졌다.

비리 사건이 터진 기업 행사에 어떤 정신 나간 사람들이 참석할까.

부풀었던 비눗방울이 일순 터져 버린 것처럼 마음이 가라앉았다. 마침 벽 위에서 바스슥 소리를 내며 무언가 떨어졌다. 몰딩처럼 덧바른 시멘트 한쪽이 꺼지며 먼지 덩어리가 작은 돌풍처럼 솟아 함께 흘러내리는 중이었다. 시선을 사로잡은 건 구멍이 아니라 그 옆에 있는 거미줄이었다. 거미줄 가운데는 날개에 검은 점박이가 그려진 불나방 사체가 단단히 말라붙어 있었다. 기분 탓인지 하수구에서 악취도 올라오는 것 같았다.

싫다, 진짜.

혼잣말처럼 툴툴댔다.

아티스틱이 있는 건물의 1층은 말이 1층이지 사실 지하나 다름없었다. 언덕 탓인지 로비가 2층에 있고 대부분의 이용자들이 로비를 통해 오갔기 때문에, 1층 문은 다니는 사람이나 아는 통로였다. 입구로 들어서면 볕이 잘 들지 않는 사무실이 오밀조밀 붙어 있었다. 아마 이 건물에서 월세가 가장 싼 사무실들일 터였다. 아티스틱은 그중에서도 일조권이 가장 취약한 구석에 자리잡고 있었다.

마이스업계에 오랫동안 떠도는 소문에 의하면 백재현은 재벌가 아들이라는데, 그 집안은 아들을 버린 게 틀림없었다. 허구한 날 백재현이 돈을 빌리러 돌아다니는 걸 보면.

백재현은 허름한 곳에서 창의적인 아이디어가 탄생한다는 기묘한 논리를 맹신했다. 그가 존경해 마지않는 스티브 잡스의 '휴대폰보다 차라리 예술품을 만드는 회사' 애플이 창고에서 시작했다는 이유였다. 영웅 스티브 잡스를 모방해 백재현은 잘 다니던 대규모 기획사를 박차고 나왔다. 퇴사한 날 아침 회의에서 판에 박힌 행사만 한다고 소리를 질러 대다 제화에 못 이겨 점심때 사직서를 제출했다고 했다. 그러고는 진짜 건물 한쪽의 창고로 들어가 아티스틱을 세웠다.

상황이 이러하니 창의적 아이디어가 행사의 가치를 드높인다는 주장을 아티스틱의 직원인 알렉스와 임강이가 귀에 박히도록 들어 온 건 놀라운 일이 아니었다. 백 대표는 자주 게으르고 적당히 무감각한 편이라, 그가 기회를 잡아 오고 임강이와 알렉스가 행사를 자유롭게 리드하는 식의 조합은 업계에서 제법 통하는 편이었다. 반대로 그렇기 때문에 아티스틱이 행사를 잡기란 쉬운 일이 아니었다. 셋의 눈에 들 만한 행사를 설계하려면 웬만한 예산으로는 시도도 할 수 없으니까. 다시 말해 아티스틱이 가난한 건 너무 당연한 일인지도 몰랐다.

그래서 이번 기획안을 만들며 임강이는 여러 번 큰 결심을 섞어 기도했다. 태형그룹 행사를 맡겨 달라고, 정말 온몸이 바스라지도록 해 보겠다고. 망해 가는 회사에도 미래는 있다고.

빗방울이 유리창에 닿는 속도가 급격히 빨라지고 있었다. 임강이는 어그러진 표정으로 바깥을 향해 발을 살짝 뻗었다. 차가운 빗방울이 얇은 바지 위로 톡 소리를 내며 떨어졌다.

망해 가는 회사에도 미래는 있다고.

앞도 못 가리면서 감히 미래를 건 자신이 한심했다.

휴대폰 진동이 울렸다. 백 대표에게서 걸려 온 전화였다. 대체 백 대표는 이 난리 통에 어디에서 뭘 하고 있는 걸까. 이 상황을 어떻게 알려야 하나.

임강이는 한 손을 이마에 얹으며 다른 손으로 휴대폰을 귀에 갖다 댔다.

"네, 대표님."

"임강이. 너 인마 샐쭉해져 가지고, 거기서 뭐 하는 거야?"

놀란 임강이가 주변을 돌아봤다. 백 대표야 늘 이런 식인 걸 알지만 이번에는 받아 줄 여유가 없다. 백 대표가 속없이 웃자 임강이는 허탈해진다. 어떤 상황인지도 모르면서 아무 말로나 능치기는.

"얼른 들어가. 우리 태형 따야지."

"아, 그게요 대표님, 사실 문제가 좀 생겼는데요……."

"알지. 나는 노냐?"

그렇다. 사실 매일 노는 것처럼 보인다.

"그렇다고 내일 멸망할 것 같은 표정으로 서 있으면 답이 나오냐? 그 행사 온고잉이야. 어서 가서 마무리나 지어."

유리창 한쪽이 햇살을 받고 맑게 빛나 반짝거리는 모습이 한눈에 들어왔다.

"그럴 리가 없는데요. 방금……."

"2억 증액해서 행사 진행하기로 했대. 방금 나온 정보야."

어디서 그런 정보를 얻어 온 걸까.

"확실해요?"

"확실해. 대신 더 힙한 아이템 준비해. 아무도 따라올 수 없게."

길고 검은 머리를 손으로 쓸어내린다. 얼마간의 안도가 작은 숨을 타고 이상한 모양으로 몸을 관통한다.

허술해 보여서 그렇지 백 대표가 헛소리를 하는 사람은 아니다. 이렇게 크게 한 방을 날리기도 한다. 아니, 돌이켜 보면 백 대표는 아무래도 결정적일 때 비로소 능력을 발휘하는 사람 같다. 하긴 대표를 아무나 하는 건 아니지. 상기된 얼굴로 임강이가 묻는다.

"소스는요?"

"지금 어디서 들었는지 캐물을 때야? 얼른 들어가라. 비도 오는데 뛰어다니다 감기 걸려서 행사 못 하면 가만 안 둔다."

전화를 끊고 임강이는 가볍게 허공에 손을 뻗었다. 흐린 하늘 사이로 태양이 구름 끝에 뿌옇게 걸려 있었다. 힙한 아이디어라고 했지. 피로와 기쁨이 뒤섞여 몸속을 굴러다니는 것 같았다. 내가 카피라이터도 아니고, 패션 디자이너도 아니고, 웹툰 작가도 아니고, 힙한 아이템이라니.

투덜대는 동안 빗물이 모여든 양동이 안에 우연히 시선이 멈췄다.

태형이 주력하는 사업 중에 가장 힙한 거. 행사 아이템으로 가져올 만한 거. 아티스틱까지 부각시킬 만한 어떤 거. 때를 기다렸다는 듯 굵고 차가운 빗방울이 톡 소리를 내며 손바닥으로 떨어져 내렸다.

물.

빗방울을 따라 시선을 아래로 돌렸다. 빗방울들이 듣기 좋은 간격으로 똑똑 소리를 내며 떨어지고 있었다.

물은 태형이 주력하는 소재였다. 임강이의 생각이 자신의 투룸 빌라 베란다 한쪽에 옹기종이 모여 있는 식물들에게 가닿았다. 물은 새싹을 틔우고 생명을 부여하고 꽃을 피운다. 그런 걸 행사로 구현하면, 그래서 친환경적인 에너지 포트폴리오를 상기시키면 어떨까. 임강이는 휙 뒤로 돌아 종종걸음으로 복도를 뛰었다. 다급한 얼굴의 임강이가 사무실 문을 열자 알렉스는 무슨 일이 생겼나 싶어 미간에 주름을 뾰족하게 세웠다.

"대표님 어디 계셔?"

내가 알 리가 없지 않겠냐는 표정으로 알렉스는 회갈색 눈을 동그랗게 떴다.

"뭐, 괜찮아. 우리가 합의한 의견을 반대한 적은 없으니까.

알렉스, 컴온."

임강이는 알렉스의 반응 따위 아랑곳하지 않는다는 듯 책상 위에 A4 용지 한 장을 깐 후에 가운데에 큰 원을 하나 그렸다.

"기획사들이 만들어 낸 대부분의 국제행사들이 딱딱하잖아. 개막식은 다 비슷비슷한 순서로 진행되지. 개회사, 축사, 기조연설. 그렇게 끝나 버려. 관련 없는 정치인이나 학계 인물이 대강 선포하는 식으로. 우리도 그 암묵적인 룰을 벗어난 적은 사실 없었고."

임강이는 다시 그 안쪽으로 작은 원을 하나 그리고, 이번에는 작은 원 바깥쪽으로 짧은 직선을 그렸다. 큰 Q자 같았다.

"그래서 말이야. 룰을 벗어날 수 없으면 룰에 스토리를 끼우는 건 어때? 딱딱한 분위기를 누그러뜨리기도 좋고. 행사가 끝날 때까지 모든 참여자가 이야기를 공유하는 거야."

임강이는 부루퉁한 표정으로 빈 종이에서 눈을 떼지 못하는 알렉스를 흘낏 본 후에 Q자의 커다란 O의 선 위에 점을 찍었다. 오른편의 위에서 아래로 네 개, 왼편의 아래서 위로 다시 네 개. 총 여덟 개의 점이 찍혔다. 알렉스는 좋은 동료다. 알렉스를 통과하면 백 대표를 이해시키는 것쯤은 일도 아니다.

"이게 뭐야?"

"징검다리."

영문을 모르겠다는 표정의 알렉스를 보고 씩 웃으며 임강이가 말을 더했다.

"물이 이 징검다리 사이로 흘러. 행사장에 숲을 구현하는 거야. 사람들은 맨발로 이 징검다리를 밟고 지나가거나 온천수에 발을 담그는 체험을 할 수 있어. 태형이 수소로 여러 가지 사업을 시작했잖아. 친환경 에너지 기업으로 이미지를 쇄신하려고 행사를 만든 거나 다름없어. 이번 행사의 목적은 어차피 그거야. 우리는 태형이 주력하는 친환경 사업의 이미지를 1000명의 관객 앞에서 보여 주는 거지. 이야기 주제는 '태형이 만든 깨끗한 숲, 그 안의 당신.'"

이야기를 하면서 임강이는 알렉스의 눈치를 살폈다. 다시 생각해 보니 슬로건이 좀 촌스러운 것 같기도 했고, 모순적인 데도 있었다. 게다가 수트를 갖춰 입고 맨발을 물에 담그는 대담한 사람들이 있을까. 그런 것쯤 괜찮다는 듯 알렉스는 다른 곳을 짚어 냈다.

"그럼 숲에서 행사를 하지, 왜 행사장에 숲을 구현해?"

임강이는 자신의 질문에는 답을 못 해도 다른 사람의 말에 대답을 하는 재간은 있는데, 그건 똑똑해서라기보다 다른 사람의 질문에 무조건 답하는 태도가 서비스직에 유리하다는 걸 알고 있기 때문이다.

"사람들이 왜 바다와 숲으로 휴가를 가지 않고 호캉스를 하겠어? 편리함, 아늑함. 그걸 노리는 거야. 태형의 자원을 활용해서."

"태형이 만들어 낸 자원이 무슨 소용인데?"

"소용이 있지. 태형의 최종 목표는 지속가능한 에너지원을 공급하는 거니까."

"겨우 수소 분리를 시작한 걸 가지고?"

"핵심은 스토리야. 깨끗하고 안전한 에너지가 태형의 연구로 곧 나올 거라는 스토리를 각인시켜야 한다고."

강이의 말을 듣고 알렉스가 생각에 잠기더니 입을 열었다.

"물은 어디서 구해?"

임강이는 노트북 하단에 있던 인터넷 검색창 아이콘을 열었다. 수십 개의 아이콘 중에 하나를 선택해 모니터에 띄웠다. 생수 회사 사장을 한다는 태형그룹 회장의 둘째 아들에 관한 인터뷰 기사였다. 임강이는 생수 통을 들고 무언가 열심히 말하는 그의 사진을 알렉스 쪽으로 돌려 보여 주며 말했다.

"생수 차. 태형그룹 회장의 둘째 아들이 생수 회사 사장이야. 우리 행사에 그 생수를 쓰자고 제안하면 태형도 제안서를 다시 볼 거야. 자원도 활용하고 후원도 받고."

알렉스가 쥐고 있던 볼펜을 책상으로 가볍게 두드리며 곰곰이 생각하다 물었다.

"이 판을 만들자고, 호텔에?"

"제안을 하는 거지. 이런 무대를 꾸밀 수 있는 곳이면 어디든 괜찮아. 지하에 그랜드 볼룸이 있는 호텔이면 가능해."

임강이의 말소리 뒤에 바로 따라붙은 건 익숙한 남자의 목소리였다.

"퀸스턴."

갑자기 나타난 목소리에 임강이와 알렉스가 깜짝 놀라 돌아봤다. 어느새 열린 사무실 문으로 들어와 임강이의 이야기를 듣고 있던 백 대표였다. 해말간 얼굴이 살짝 부어 있었다.

"퀸스턴 그랜드 볼룸은 천고도 높고 괜찮은데 중간에 기둥이 시야를 가려서 보통 개막식에서는 찬밥 신세거든? 근데 관객 참여형 행사를 만들면 퀸스턴 홍보도 되고 좋을 거야. 내가 연락해 볼게. 지금까지 나온 아이디어 중에 제일 좋아. 수고했어, 임강이."

백 대표가 들고 온 커피와 머핀을 책상 위에 올려 두자 알렉스가 반기며 커피부터 집어 들었다.

"제법이다. 임강이."

알렉스의 말에 임강이는 가볍게 웃으며 눈을 흘겼다. 알렉스가 고개를 돌려 장난스럽게 물었다.

"대표님, 출근이에요, 퇴근이에요?"

"그냥 사우나. 들어가서 혼나느니 나와서 자는 게 편하다. 알렉스, 결혼은 하는 게 아니다. 연애만 해, 연애만. 알지."

"그건 모르겠고 집에 들어가시든 안 들어가시든 제발 옷 좀 갈아입고 다녀요. 그렇게 입는다고 대표님이 스티브 잡스가 되는 건 아니지 않을까요."

알렉스가 백 대표에게 다가가 킁킁거리며 본격적으로 티격 태격하기 시작하자, 임강이가 둘을 지나쳐 캐리어에 든 아이스커피를 꺼내 빨대를 입에 물고 힘차게 빨아올렸다. 사우나에서 업계 고급 정보를 듣는 인간이라.

시큼한 비 냄새가 금세 세 사람 주위를 감돌기 시작했다.

*

15년 차 백 오피스 지배인 강혜원에게는 퇴근 때마다 호텔 곳곳을 둘러보는 버릇이 있다. 일찌감치 가방을 들고 자리를 빠져나온 강혜원은 습관처럼 백 오피스를 한번 돌아본다.

큰 사무실 안쪽에는 회계와 재무 팀, 영업지원 팀을 나눈 파티션이 붙어 있고 문에 가까운 쪽에는 세일즈와 마케팅 팀이 있다. 아직 켜진 컴퓨터들을 보니 퇴근하지 않은 지배인들이 있는 것 같아 불을 끄지 않고 밖으로 나온다. 유리문 오른쪽에 그랜드 볼룸으로 이어지는 복도가, 왼쪽에는 메인 타워로 들어가는 문이 보인다. 퀸스턴에서 가장 큰 연회장 그랜드 볼룸의 불이 꺼진 것을 확인한 후에 메인 타워로 가는 엘리베이터에 오른다. 로비로 빠져나와 중앙 엘리베이터로 바꿔 타고 가장 높은 50층을 향한다. 열두 개 소연회장 중에 행사 중인 곳은 진행이 원활한지, 불이 꺼진 곳은 백사이드가 가지런히 정리되어 있는지 점검한다. 다시 엘리베이터를 타고 객실 층을 지나 33층 라운지에 들러 후배 지배인들과 오늘 있었던 일에 대한 소감을 간단히 나눈다. 짧은 인사와 함께 복도 끝에 있는 직원 전용 엘리베이터로 자리를 옮겨 로비로 향하면 한 차례 라운딩이 끝난다.

'스텝 온리'라고 적힌 엘리베이터 앞에 설 때 강혜원은 자신이 이 근사한 호텔을 위해 일하고 있다는 생경하고 추상적인 사실이 실체가 되는 것을 새삼 느낀다.

백 오피스가 업무를 마감하는 시간에 프런트 오피스는 저녁 교대근무를 시작한다. 리셉션에 2교대가 빠지고 3교대가 들어오는 시간은 저녁 6시, 강혜원이 한 번도 지켜 본 적 없는 공식 퇴근 시간이다.

엘리베이터에서 내려 숨을 잠깐 멈추었다가 천천히 로비의 공기를 들이마신다. 그 한 번의 숨으로 온도와 습도를 능숙하게 점검한다. 라운지 음악 리스트를 담당하는 후배 문 지배인이 요즘 매일 듣는다던 앨범이 플레이되는 중이다. 에밀리 클레어 발로, 「겨울의 정원」. 재즈 선율이 로비로 나른하게 퍼져나가며 아늑한 봄의 저녁을 맞이한다. 바깥에서 해와 별과 달이 알려 주는 시간을 이곳에서는 조명과 음악과 향이 대신한다. 지난겨울의 끝자락부터 문 지배인은 낮 시간에는 쇼팽의 왈츠나 슈만의 피아노곡을, 저녁에는 가벼운 재즈를 리스트에 즐겨 올렸다.

부서지는 빛을 온몸에 품고 쏟아질 듯 천장에 매달린 샹들리에는 로비의 전체적인 분위기를 잡아 준다. 단조로운 패턴의 대리석 바닥 타일, 아이보리색 계열 내벽을 제외한 소품은 모두 짙은 회색과 검정색을 기본 색조로 한다. 단색과 선을 세련되게 활용하는 디자이너가 구현한 공간이라고 들은 적이 있다. 로비 중앙에는 짙은 회색 메인 리셉션 데스크가, 건물 양옆에는 고객의 편의를 위해 놓인 베이지색 보조 리셉션이 있다. 그 주변으로 무채색 달항아리와 회색과 흰색으로 채색된 마크 로스코의 작품이 일정한 간격을 두고 전시되어 있다. 로비 오른쪽에는 플라워샵, 객실과 연회장으로 향하는 엘리베이터가 있고, 왼쪽에는 간단한 음료와 다과를 즐길 수 있는 카페가 있다. 손님과 직원들이 로비를 분주하게 오간다.

호텔 안에 존재하는 것들은 저마다의 규칙으로 자리를 지킨다. 서로의 규칙이 부딪히며 역동한다. 사회의 축소판 같다.

일기예보에서 비를 예고한 날이었지만 호텔 안에는 우산을 든 사람이 적었다. 나이가 지긋한 객실 손님들 몇이 로비 소파에 앉아 있다가 동행을 만나 우산을 빌리러 컨시어지에 가는 모습이 보인다. 긴 머리를 올려 단정히 묶고 옅은 갈색 원피스를 입은 노년의 여성이 눈에 띈다. 엄마가 살아 있었다면 아마 저런 모습 아니었을까. 저기서 날 기다렸다가 함께 저녁을 먹으러 갈 수도 있었을 텐데. 강혜원은 그에게서 천천히 눈을 떼어 에스컬레이터 쪽으로 걸음을 옮긴다.

지하 연회장에 닿는 소규모 에스컬레이터가 있는 곳에서 걸음을 멈춘다. 에스컬레이터 앞으로는 작은 분수대가 있고, 분수대에서 뿜어져 나온 물은 옅은 물웅덩이로 흘러간다. 대리석을 다듬어 만든 벤치에 앉아 물이 흐르는 소리를 듣고 있으면 나른해진다. 어쩐지 허망하고 초연해진다.

면접을 보던 날 강혜원은 이곳에 앉아 물소리를 들었다. 물의 표면을 손가락으로 가만히 두드리자 자박자박 소리가 났다. 흐르는 물이 손에 닿는 느낌이 좋았다. 호텔에서 일하면서도 그랬다. 흐르는 물에 정신을 판 채 멍하니 있다 보면 번잡한 일상에서 벗어날 수 있었다. 10년이 넘는 시간 동안 호텔 안의 질서도 세상의 것만큼이나 복잡하고 혼돈스러우며 자비롭지 않다는 사실을 배웠지만, 그래도 이곳에 있으면 바깥의 소음을 비껴갈 수 있었다. 강혜원은 그런 느낌이 여전히 좋다. 리모델링 공사를 두어 번 거친 후에도 분수대가 이렇게 남아 있다는 사실은 더 좋다.

커다란 통유리창 밖으로 고개를 내민다.

비가 오기 시작한다. 문 지배인의 실수인지 의도인지 「겨울의 정원」이 다시 나오는 중이다. 프랑스어는 한마디도 못하지만 혜원은 이 곡의 뒷부분을 제법 따라 부를 줄 안다.

레 자네 빠쓰, 세월은 지났고, 닐 느 뿌 누 정떵드흐. 닐 느 뿌 누 정떵드흐. 아무도 우리 이야기를 들어 주지 않아.

노래가 끝까지 나온 후에 다른 앨범으로 바뀌는 걸 듣고서 혜원은 문 지배인의 의도였을 거라고 짐작한다. 지배인들이 부리는 저마다의 사소한 집착 같은 것. 이를테면 문 지배인에게는 좋아하는 트랙을 두 번 내보내는 것, 강혜원에게는 차가운 대리석 벤치에 앉아 물 흐르는 소리를 듣는 것.

몸을 일으킨다.

이제 정말 퇴근을 해야 하는 시간이다. 공기청정기를 거친 깨끗한 공기와 보장된 안전에서 벗어나 한 아이의 엄마이자 한 남자의 아내, 돌아가신 엄마의 기일을 챙기는 생활인으로, 오늘 오후 회사로 도착한 이혼 합의서를 꺼내 드는 강혜원으로 변하는 시간.

호준을 생각하다가 잠깐 숨을 멈춘다. 사랑이라고 이름했던 것들의 무용함에 대해 생각한다. 우리는 어쩌다 이 지경에 이른 걸까.

가볍게 숨을 내쉰다. 숨소리가 물소리에 뒤섞여 흩어진다.

자리에서 일어나는 강혜원과 눈이 마주친 건 에스컬레이터를 타고 로비로 내려오는 박윤수였다. 옅게 웃으며 강혜원은 박윤수에게 고개를 약간 숙여 인사했다.

"수고했어. 어서 들어가. 오늘 바쁠 텐데."

"지배인님 표정은 왜 아직 업무용이에요?"

박윤수의 손가락은 사이드 데스크를 향해 있었다.

"에프디에 단체 손님 오셔서 사이드에 사람이 필요하대. 잠깐이면 되니까."

강혜원은 박윤수의 곁에 서서 데스크를 향해 함께 걸었다.

"같이 있어 드릴게요."

"어서 들어가. 오늘 어머니한테 가는 날 아니야?"

"조금 늦게 가도 괜찮아요. 그 정도는 엄마가 이해해 주겠지."

강혜원은 빼 두었던 금색 명찰을 가슴 앞섶에 채우며 박윤수를 따라 프런트 데스크로 들어갔다. 검은색 재킷과 흰 블라우스, 검은 치마. 백 오피스는 복장에서 자유로운 파트였지만 강혜원은 늘 엄격하게 복장을 갖춰 입었다. 강혜원의 사수였으며 지금은 호텔 전체의 부지배인인 박윤수에게서 배운 것이었다.

강혜원과 박윤수는 곧게 서서 호텔 로비를 오가는 사람들을 둘러봤다. 고객을 관찰하는 것은 그들의 공통된 업무이며 취미였다. 사람들의 걸음 속도나 신발의 방향, 눈빛 같은 것을 살피다 보면 그들의 지위나 성격, 직업도 간간이 맞힐 수 있었다. 특급 호텔에 오는 사람들은 그들이 입는 옷이나 구두의 브랜드, 액세서리 같은 것들로 자신의 권력이나 부, 명예 따위를 알려 줄 수 있다고 생각하겠지만 오산이다. 호텔리어들은 그런 것을 보지 않는다. 겉이 아니라 몸안에 입혀진 것을 본다. 발을 힘차게 뻗는지 작게 구르는지, 구두에서 나는 소리가 가벼운지 무거운지, 몸을 어느 정도 흔들며 걷는지, 걸을 때 손을 어디에 두는지, 가방은 꽉 닫혔는지 조금 열렸는지. 그것이 바로 그 사람의 배려심, 나태함, 외향성 같은 걸 나타내는 레퍼런스다.

"문 지배인 또 저녁 내내 홀에 재즈 올렸지?"

뜬금없는 박윤수의 질문에 강혜원은 살짝 웃는다. 문 지배인이 재즈 음악을 고르는 게 박윤수에게 요즘 큰 고민거리인 것 같다. 강혜원은 둘 사이의 이런 작고 소소한 긴장이 재밌다. 얼마 전부터 어느 지역 시립 교향악단의 첼로 수석에게 연주 레슨을 받는다더니 이제 박윤수는 호텔 백그라운드 음악 리스트도 클래식 위주로 꾸미려나 보다.

"임원이 그런 자잘한 데까지 신경 쓰면 욕먹어요."

박윤수는 장난기 섞인 웃음을 짓다 말고 묻는다.

"그럼 임원이 신경 써야 하는 일을 물어보자. 하반기 예정비큐 리스트 봤어?"

"네. 해 볼 만하던데?"

박윤수의 미간이 옅게 좁혀졌다 풀어진다.

"인마. 너 그렇게 달려들지 않아도 돼. 안 쫓아내."

강혜원이 적당히 무신경해 보이도록 웃으며 답한다.

"하반기 연회 많더라고요. 객실은 사파이어용 100룸, 그랜드 볼룸 건은 호스트용 250룸 블록이면 되겠죠? 일단 해 보고요."

박윤수의 따가운 눈빛을 선웃음으로 모면하며 시선을 피하다 로비 의자에 앉아 이쪽을 바라보고 있던 남자와 얼핏 눈이 마주쳤다. 낯이 익지만 정보가 뒤엉켜 누구인지 단번에 잡아내기가 쉽지는 않다. 일로 만난 사람 같기도 하고, 잠깐 객실 세일즈를 하며 만난 고객 같기도 하고. 이럴 때면 늘 그렇듯 유추가 시작된다.

타이가 짧은 검은색 정장 차림인 걸 보니 그는 보수적 성향이 짙은 회사에 다니는 40대 정도의 활발한 성향을 가진 사람. 눈썹이 옅고 눈매가 아래로 처진 게 순한 인상이지만 가방과 신발이 닳지 않은 걸 보니 뭐든 쉽게 질리는 스타일. 강혜원과 눈이 마주친 그가 천천히 일어나더니 이쪽을 향해 큰 걸음을 떼었다. 기업 연회 때 같이 일해 본 적 있는 대기업 사람과 객실 세일즈를 할 때 만난 적 있는 큰손으로 좁혀진다. 그래도 아직 속단은 못 하겠다.

강혜원은 일부러 대수롭지 않은 척 허리를 곧게 세우면서 소리를 낮춰 박윤수에게 복화술하듯 말했다.

"선배. 나 유란이 낳은 후에 건망증이 생겼나 봐."

"출산 후유증이 아니라 원래 건망증이 좀 있었는데?"

아무렇지 않게 대꾸하는 박윤수에게 허탈한 웃음을 짓는 동안, 데스크 쪽으로 가까이 온 남자는 강혜원을 향해 인사했다. 발 구르는 소리가 전혀 나지 않은 걸 보면 그는 의전을 매우 중시하는 사람이다. 강혜원 앞에 선 그의 입술 끝에 힘이 들어갔다.

"환영합니다. 체크인 원하십니까?"

강혜원의 말을 들은 남자가 재미있다는 듯 웃었다.

"저 기억 못 하시나 봐요?"

강혜원이 적절히 대꾸하지 못한 채 남자를 바라보고 있자 박윤수도 두 사람 쪽으로 신경을 쏟는 눈치였다. 남자는 아는 사람에게 명함을 주지 않는다. 자신을 당연히 알아채야 한다고 생각한다. 권위와 복종에 익숙한 사람이다. 남자는 약간 처진 눈을 부드럽게 감고 고개를 끄덕이며 이름을 말했다.

"예약이 되어 있을 겁니다."

강혜원은 어색함을 숨기고 최대한 자연스러운 표정으로 남자가 말한 이름을 예약 등록 카드에 집어넣었다. 송라희. 익숙한 이름이지만 그게 본인의 이름일 리는 없다. 남자의 진한 눈썹 끝이 호기롭게 올라간다. 그는 예의를 차리는 사람이지만 기대에 어긋나는 걸 크게 싫어하는 타입이다. 예약 내역서에는 남자의 이름과 예약 상태, ETA, 할인 코드가 빼곡하게 찍혀 나왔다.

호텔 지배인에게 자신감 넘치는 목소리로 자신을 기억하느냐고 묻는 사람들은 보통 둘 중 하나다. 어떤 경로로든 서로를 정말 겪어 본 경우이거나, 블랙리스트거나. 어느 경우라도 지금 강혜원이 취해야 할 액션은 정해져 있다. 룸 업그레이드나 조식을 넣어 주거나 식사권이나 웰컴 드링크 같은 부가서비스를 제공하는 것. 백 오피스 지배인인 강혜원에게도 룸 업그레이드 권한이 있지만 지금처럼 오프 대기에 나선 경우라면 권한을 사용하는 과정이 좀 복잡해진다.

"1박 2일, 더블베드룸 예약하셨습니다. 예약 내역서 하단에 서명을 하시면 됩니다. 웰컴 과일과 와인을 올려 드리겠습니다. 디파짓에 쓸 신용카드 있으십니까?"

"예약자명과 같아야 합니까?"

강혜원은 예약 내역서에 적힌 가격 등급과 예약자명을 살펴본다. 할인된 가격으로 예약하지 않았고 예약자에는 호텔리어들이 쓰는 암호인 S자가 쓰여 있다. 객실 VIP가 아니라 기업 연회 쪽이라는 뜻이다.

"다른 분 신용카드도 괜찮습니다."

남자는 묘하게 보는 사람을 자극하는 미소를 머금은 얼굴로 강혜원에게 신용카드를 건넸다. 성이 '오'씨. 대기업 과장급에 성이 오씨. 그때 객실 모니터에서 시선을 떼며 박윤수가 말했다.

"고객님, 객실 뷰가 나쁘지 않은 슈페리어룸이 나왔는데요. 괜찮으시면 이쪽으로 업그레이드 안내해 드리겠습니다."

강혜원이 여러 가지 감정이 섞인 눈으로 박윤수를 바라봤다. 박윤수가 찡긋 눈으로 인사한 후에 1504호 객실을 블록하곤 여유롭게 카드 키를 넣었다 뺐다.

"오른쪽으로 직진하시면 왼쪽 편에 엘리베이터가 있습니다. 편안한 시간 되십시오."

남자가 데스크에서 멀어지자 강혜원은 짧은 숨을 내쉬며 박윤수에게 "고마워." 한마디를 하고선 눈으로 남자의 뒷모습을 쫓는다. 곧이어 엘리베이터 근방에 나타난 붉은 원피스 차림의 여자. 어쩐지 눈이 기억하는 저 사람. 좁쌀만 한 땀이 등에서 뻗어 나와 순식간에 몸 전체에 퍼졌다. 지나가는 장면들이 있었다. 오키드 홀 로비에서 남자와 명함을 주고받은 찰나의 기억.

오균성입니다. 다섯 개의 균이죠. 좋은 균이에요, 유산균같은. 이쪽은 제 평생지기 파트너입니다, 인터스 송라희 상무. 마이스업계의 대모예요.

장면 속의 붉은 원피스가 이어 말한다. 다 오 과장님 덕분이죠.

강혜원이 고개를 휙 돌려 박윤수에게 물었다.

"선배, 아까 몇 호였지?"

"1504."

"저 둘, 분명히 태형 행사 때문에 왔을 거야. 이미 우리한테 기회를 줬어. 작업할 공간을 갖춘 객실로 옮길 기회."

박윤수가 생각 많은 눈으로 가늘게 휘파람을 불었다. 강혜원은 박윤수의 눈을 바라봤다. 뒤이어 떠오르는 것들이 있다. 부지배인으로서 박윤수가 선 차장과의 관계, 호텔의 이미지와 사업 구도 같은 다양한 사항들을 한꺼번에 고민하고 있다는 사실. 박윤수는 그 나름대로 지배인들 사이에 업무 영역이 중첩되는 걸 피하고 싶을 테고, 강혜원은 그렇게 해서는 선 차장에게 기업 세일즈를 다 뺏기고야 말 거라는 걸 알고 있다. 기업 세일즈는 육아휴직에 들어가기 전까지 강혜원이 가장 잘하는 분야였고, 혜원은 자기 특기를 발휘해야 할 때가 왔다고 판단하고 있었다.

"걱정 마. 페어플레이 할 거니까."

강혜원은 한쪽 눈을 윙크하며 로비로 눈을 돌렸다. 프런트 지배인이 잰걸음으로 로비를 가로질러 오고 있었다.

"아무래도 엄마 선물 같은데?"

강혜원이 데스크 아래 챙겨 두었던 코트와 가방을 꺼냈다. 가쁜 숨을 몰아쉬는 프런트 지배인을 박윤수가 반기며 고생했다고 말했다.

"먼저 갑니다. 수고들 하세요."

혜원이 치마에 묻은 먼지를 탈탈 털어 내며 프런트 밖으로 빠져나오는 동안 프런트 지배인이 여러 번 꾸벅 인사를 했다. 박윤수가 프런트 지배인을 향해 부드럽게 웃어 답례한 후에 걱정스러운 눈으로 강혜원을 돌아봤다. 강혜원은 한 팔에 코트와 가방을 들고 뛰듯 걸어 중앙 엘리베이터를 향해 갔다. 한 손에 쥔 휴대폰으로는 믿을 만한 식음료 팀 후배에게 메시지를 보내 웰컴 기프트와 자신의 이름으로 된 환영 카드를 함께 올려 줄 수 있느냐고 물었다.

그랜드 볼룸과 가까운 엘리베이터로 가는 동안 오균성에 대한 기억이 한꺼번에 쏟아졌다. 행사 두 시간을 앞두고 상사의 반응이 좋지 않으니 룸을 바꿔 달라던 사람, 음식의 맛을 문제 삼더니 다음 행사 전에 호텔 내 식당들을 돌며 제일 좋은 음식을 제공해 보라던 사람, 내가 너를 좌지우지할 수 있다는 사실을 잊지 말라고 온몸으로 말하던 사람, 덕분에 휴직 전 태형에서 하는 큰 행사를 연달아 치러 지금의 자리에 오를 수 있도록 도와준 사람. 태형 사람을 왜 기억하지 못했지, 바보같이.

15층에서 내린 강혜원은 일부러 숨을 죽이고 발끝을 세워 걸었다. 객실 층은 어디까지나 쉬는 고객들을 위한 공간이고, 호텔리어들은 그들이 잘 쉴 수 있게 최대한의 배려를 하는 직업인이라는 사실을 자동으로 인지하듯.

복도 오른쪽, 1~10호 스위트룸이 모인 객실에서 다시 오른쪽 끝으로 4호. 숨을 고르는 동안 문이 열리며 오균성이 등장한다. 강혜원이 놀라서 입술을 닫았다가 재빨리 표정을 푼다.

"뭐죠?"

강혜원의 눈에는 호기심이 어려 있다. 입술에는 약간의 미소도 머금었다.

"오늘 뉴스 터졌어요. 그래도 합니까?"

방 안에서 이쪽을 향해 다가오는 구두 굽 소리가 또각또각 들렸다. 오균성의 눈이 순간 번득이는 걸 강혜원은 놓치지 않는다.

"그래서 할 수도 있죠."

'그래서 할 수도 있죠.' 그 한마디에 강혜원의 머릿속에 거대한 소용돌이가 몰아쳤다. 어쩌면 이 사람은 회사가 더 강렬하게 흔들리기를 원했을지 모른다는 생각이, 이 판이 생각보다 훨씬 큰 것일지 모른다는 생각이, 이자는 빈틈을 이용할 줄 아는 사람이라는 생각이 연달아 이어졌다. 강혜원이 혀로

마른 입술을 한번 적시곤 긴장하지 않은 척 말했다.

"오늘은 여기서 작업하시고 내일부터는 47층 스위트룸으로 가시죠. 짐은 옮겨 드리고, 아침은 인룸다이닝으로 준비해 드리겠습니다."

작별 인사를 나눈 후에 강혜원은 이제 정말 어머니를 만나러 갈 시간이라는 걸 깨달았다.

가는 김에 호텔 지하에 있는 베이커리에 들러 케이크를 사 가야겠다는 생각을 했다. 오늘은 강혜원의 생일이기도 하니까. 강혜원은 굽이 낮은 검은 구두로 복도 카펫 위에 점을 찍듯 걸었다. 엘리베이터를 타고 다시 로비를 지나, 이번에는 매장이 모인 지하를 향했다.

빛이 부서지며 흩어져 내리는 샹들리에, 포근하고 아늑한 재즈 선율이 공기를 타고 흐르는, 24시간 365일 쉼 없이 돌아가는 세상.

호텔에서 당신은 세상의 거의 모든 화려하고 세련된 것들을 보게 될 것이다.

당신은 쉬거나, 밀회를 즐기거나, 혼자만의 공간을 갖기 위해 호텔에 갈 것이 틀림없지만,

누군가에게 호텔은 그냥 일터다.

"다음 안건은 복지 및 휴게시설 건입니다."

위원장의 한마디에 여기저기서 사각사각 종이 넘기는 소리
가 들렸다. 홍지영은 지친 눈으로 서류 한쪽만 만지작거리는
중이었다. 근로자 위원은 한 번도 생각해 보지 못한 자리였
다. 태형은 업종 특성상 남성이 많은 기업이고, 생산설비 연구
직은 더 그랬다. 홍지영이 속한 지원 부서는 그나마 여성 비
율이 높은 편이었는데, 그래 봐야 열에 여덟은 남자였다. 이런
남초 조직에서는 여성을 찾는 게 더 어려웠으므로, 젊은 여
성인 홍지영에게 여성 대표 근로자 위원 자리 제안이 들어온
건 이상한 일이 아니었다. 문제는 홍지영에게 권한쟁의에의
욕구가 없다는 점이었다.

노사협의회는 홍지영에게 불필요한 업무의 하나일 뿐이었
고, 홍지영은 자리를 지키다가 노조위원장의 뜻에 따르는 척
적당히 협의서에 서명하고 나올 작정이었다. 그래서 위원장이
홍지영의 이름을 불렀을 때, 홍지영이 놀란 음성으로 "네?"
하고 되물은 건 지금 질문이 어떤 것이든 할 수 있는 말이 거
의 없다는 걸 스스로 잘 아는 탓이었다.

"여자 휴게실에 더 필요한 건 없어요?"

"아, 네……."

홍지영은 말끝을 흐렸다. 회의실에 있던 사람들이 하나둘 홍지영 쪽을 바라봤다. 갑자기 등 뒤로 땀이 솟아올랐다. 휴게실에 가 본 적이 없었으니 여자 휴게실에 뭐가 있는지도 알 리가 없었다. 가 본 적이 없다고 하면 휴게실의 쓸모에 대해 다른 이야기가 나올까 봐, 괜히 아는 척을 했다가는 있는 물건도 없다고 할까 봐 홍지영은 망설였다. 맞은편에서 홍지영의 어쩔 줄 몰라 하는 모습을 보고 기분 나쁘게 입꼬리를 올린 채 웃고 있는 건 오균성의 동기이자 사측 대표로 출석한 인사 팀 양 과장이었다. 홍지영은 시선에 결박되듯 굳은 채 고개를 숙여 버렸다.

결국 홍지영은 그 자리에 있던 모두의 눈총을 받고도 아무 말 하지 못한 채 안건을 넘겼다.

협의회가 끝나고 회의장을 나설 때에야 홍지영은 서류철 안쪽에 여직원회 총무가 협의회 직전에 들려 준 연보라색 포스트잇을 발견했다.

업무 책임제 지지. 휴게실 안마기 설치, 생리휴가 통보 방식으로 전환.

홍지영이 짧은 탄식을 내뱉었을 때, 인사 팀 양 과장이 홍지영의 어깨를 두드리며 앞서갔다. 홍지영은 꾸벅 인사를 하면서 고개를 푹 숙이고 걷다가 눈에 띈 화장실로 뛰다시피 들어갔다.

아무 칸에나 들어가 변기 위에 앉아 발을 동동 구르며 말 한마디 못한 자신을 향해 마구잡이로 욕을 퍼부었다.

사무실로 돌아왔을 때는, 아니나 다를까 오균성이 벌써 김 근호에게 협의회 일을 콕 집어 이야기하며, 얼마 후에 있을 아이디어 대회의 발표자를 자신으로 바꾸는 게 좋지 않겠냐고 묻고 있었다. 홍지영이 가까이 다가가자 오균성이 들으라는 듯 목소리를 높였다.

"홍 대리가 하면 저야 좋죠. 손도 좀 덜고요. 그래도 일단 일이 돼야 하지 않겠습니까?"

홍지영은 꼭 쥔 주먹 안에 엄지손가락을 숨기고 입술을 꾹 다문 채 오균성을 올려봤다. 오균성은 말을 다 끝낸 후에야 홍지영 쪽으로 고개를 돌리더니 방긋 웃었다.

"지영 씨는 수줍음을 많이 타 가지고, 어떡하지 지영 씨? 일단 오 과장이 한번 해 볼까?"

홍지영은 김 실장의 말을 듣고 콕 집어 말해 주고 싶었다. 무시하지 마라, 마음만 먹으면 내가 당신들보다 더 잘한다. 정작 입에서 튀어나오는 건 외마디 음성이었다.

"네."

홍지영은 이런 자신이 너무 싫었다. 왜 기회가 눈앞에서 멀어져 가는 걸 잡지 못하고 바둥거리기만 하는지 답답해 죽을 지경이었다.

홍지영은 돌아서서 부서를 빠져나왔다. 어디 가서 큰 소리로 비명이라도 지르고 싶었는데, 바깥은 허허벌판이라 소리를 질렀다가는 독화살이 되어 돌아올 게 분명했다. 그 와중에 눈에 띄는 건 시멘트로 둘러싸인 복도 끝의 비상문이었다. 달리듯 걸어 둔중한 철문 앞에 선 후에 '끙' 소리를 내며 잡아당겼다가 문고리를 손에서 놓쳤다. 도대체 마음대로 되는 게 하나도 없다.

비상계단 한 쪽에 걸터앉아 벽에 몸을 기대니 콘크리트의 찬 기운이 몸속으로 서서히 들어온다. 마음이 조금씩 안정되는 것 같다가도 불쑥불쑥 무언가 목구멍까지 차고 올라온다.

안 맡으면 좋잖아. 어차피 같은 월급 받는데.

생각하다가 부아가 치민다. 넋 놓고 그냥 두다가는 오균성에게 모든 공이 돌아갈 게 분명하다. 그 꼴을 어떻게 두고 보느냔 말이다.

마음을 천천히 달래 본다. 괜찮다고 말해 준다. 금방이라도 폭발할 것 같았던 마음이 다행히 열기를 잃어 간다.

세 달 전, 에너지가 주력 사업인 태형그룹에는 이미지 개선을 위해 홍보 아이템을 구상하라는 본부장실의 명령이 떨어졌다. 특수 과제인 만큼 구성원 누구라도 기획안을 내놓을 수 있으며, 아이템이 승인되면 그룹 차원에서 포상을 내린다고 했다. 명색이 기획실을 이끄는 김근호에게는 사활이 걸린 문제였다.

기대를 끌어올리듯 김근호는 '아이템을 선택받는 사람이 누구건 직급에 상관없이 원하는 걸 무엇이든 들어주겠다' 약속했다. 기획실 모두를 향한, 자신의 명예를 건 약속이었다. 홍지영은 그 말을 철석같이 믿었다. 믿고 싶은 사람은 무엇이라도 믿게 된다. 이건 사수 오균성을 벗어날 유일한 기회가 분명했다.

밤을 세워 가며 제안서를 만들었다. 여섯 달 동안 국제 정세를 브리핑했던 자료들을 다시 모으고, 각국의 신재생에너지 흐름에 대해 정리한 후에, 최근 글로벌 에너지 기업의 트렌드, 태형그룹이 나아가야 할 방향, 기업의 운명, 인류의 전 지구적 과제 같은 것들을 스토리로 묶었다. 자정을 넘겨 집에 갔고 기획실의 누구보다 일찍 출근했다. 그 와중에도 여자 휴게실은 들어가 본 적이 없었다.

홍지영의 아이디어는 겉으로는 각국의 대사들, 정부 실무자들, 국내외 석학들이 한자리에 모여 인류의 미래 에너지에 대한 연구 결과를 공유하는 공공 행사로 보였지만, 사실 태형의 미래 에너지 산업을 각국 정부 실무자들에게 홍보해 기술 수출을 늘리는 식으로 기업의 이윤 증가에 도움을 주도록 설계되었다.

9억짜리 홍보 아이디어를 짜 오라고 했을 때, 다들 어떻게

기업을 홍보할지 골몰했지 장기적인 관점에서 수익까지 고려
해 큰 그림을 그리지는 않았기 때문에, 오균성은 홍지영의 아
이디어를 듣자마자 임원진의 눈에 들 거란 걸 알아챘다. 오균
성이 홍지영의 아이디어를 보고했을 때, 김근호 실장은 기획
실 대표 아이디어로 밀자고 제안했다.

홍지영의 기획안은 이틀 후 오균성에 의해 발표되었고 기
획실의 아이디어는 여섯 개의 안을 무리 없이 뚫고 대상을
차지했다. 제안서를 올린 기획실에서 그대로 사업을 진행하기
로 했다. 오균성은 그때부터 회사를 휘젓고 다니며 자신의 공
덕을 치켜세우기 시작했다. 지켜보라고, 기획실의 저력을 보여
주겠다고. 자기가 아니면 시작도 못 했을 프로젝트였다고, 창
의성이 이렇게 중요한 거라고.

보다 못한 홍지영의 동기가 오균성과 점심을 먹는 자리에서
"홍 대리가 애를 많이 썼다면서요." 하자 오균성이 했다던 말
이 "지영이가 나한테 배워서 아이디어가 샘솟아."였던가, "걔
신입 때부터 눈여겨보고 기획실에 데려온 게 나야."였던가.

세균 덩어리 새끼.

오균성이 발광을 하든 말든, 일만 잘 치러 내면 홍지영은
김근호에게 말할 작정이었다.

이제 원하는 것을 들어주시라. 나는 오균성과 더 이상 일
하지 않겠다.

얼마 전 갑자기 터진 비리 사건은 그렇지 않아도 산만한 정신을 사정없이 들쑤셨다. 태형의 주가는 초 단위로 폭락했고 사람들은 모일 때마다 어떻게 되는 거냐고 묻기 바빴다. 오균성은 이상할 정도로 분주했고 자신감이 넘쳤다. 더 이상한 건 행사로 쏟아지는 관심이었다. 기업을 깨끗하고 고귀한 이미지로 되돌려 놓는 데 일조하라며 본부장은 급기야 행사 규모를 2억 더 늘려 버렸다. 이 상황을 대체 어떻게 받아들여야 할까. 입찰 경쟁에 기획사들이 지원을 하긴 하는 걸까.

지금도 실시간으로 올라오는 뉴스를 멍하니 보던 홍지영은 겸연쩍은 듯 다가와 박카스 한 병을 옆에 두고 자기 자리로 돌아가는 김근호에게 물었다.

"실장님, 어떻게 다들 아무렇지 않을 수 있어요?"

김근호는 무심한 눈빛으로 말한다.

"어쨌든 일은 굴러가야 하니까."

그 말처럼 바깥 상황이 어찌 되었든 일은 굴러갔다. '에너지의 날'에 맞춰 행사를 치르겠다 했으니 역순하면 3월에는 입찰에 들어가야 인사 초청과 행사 준비에 차질이 없을 것이었다. 문제는 입찰 경쟁사가 성공적으로 들어올 것인가 하나뿐이었다.

금요일 저녁 시간이었고, 52시간 근무제를 지킨다며 6시에 칼같이 퇴근하는 오균성은 벌써 사라진 후였다. 김근호는 집에 일찍 가면 이상하다며 친구와 저녁을 먹고 다시 회사에 들어와 뭘 하는지 몰라도(아마도 야구나 정치 유튜브 동영상을 볼 게 뻔하지만) 자리에서 한참을 움직이지 않더니 8시 30분을 약간 넘겨서야 사무실을 나섰다. 어서 퇴근하지, 뭘 지금까지 일을 하고 그러냐면서.

혼자 남은 사무실에서 홍지영은 꼼꼼하게 입찰 공고문을 다 읽고, 날짜를 체크한 후에 품의서를 올리고 예산안에 관련해 논의가 필요한 사항을 메모해 총무과에 넘겼다. 그러고 나서야 지친 몸을 이끌고 퇴근을 했다.

건물 앞에 도착한 홍지영은 쿵 소리와 함께 내려앉은 심장을 손으로 다독이며 불 켜진 자신의 4층 집을 올려다봤다. 재빨리 머리를 회전시켜 오늘 아침에 소등을 하지 않았는지 떠올렸다. 몇 번을 되돌려 생각해도 커튼을 치고 전등이 꺼진 걸 확인한 후에 현관 센서등 불빛으로 신발장에서 단화를 찾아 신었다.

유리창 사이로 빠져나온 커튼 자락이 어둠 속에 날름거리는 혀처럼 나풀댔다. 홍지영은 망설이다 가방 안에 손을 넣어 더듬었다. 휴대폰이 잡히지 않는 손에는 금세 땀이 차올랐다. 집 앞에 함부로 놓인 벽돌 더미, 구겨진 채 굴러다니는 두유통, 목 놓아 우는 아이 소리, 흐릿하게 번지는 탄 생선 냄새.

어지러운 머릿속에 갑자기 환한 빛이 터지듯, 버스 안에서 휴대폰을 열어 플레이리스트를 바꾸던 장면이 떠올랐다.

아, 주머니다.

홍지영은 가방에 있던 손을 빼 들었다. 제안서 뭉치에 엉켜 좀처럼 빠지지 않던 손가락을 겨우 빼냈을 때 날카로운 통증이 지나갔다. 넷째손가락 상단 손금 바로 위쪽으로 피부가 깊숙이 찢겨 금세 피가 맺히기 시작했다. 어둠 속에 가려졌던 길고양이가 홍지영을 향해 꼬리를 바짝 올리며 지나갔고 뺨을 에어 낼 듯 차가운 바람이 얼굴을 스쳐 갔다. 손가락을 입속에 넣어 맺힌 피를 살짝 빨아 내며, 홍지영은 오른쪽 손으로 주머니에 있는 휴대폰을 꺼냈다.

— 너네 집으로 간다.

홍대성이 보낸 메시지가 배경 화면에 떠 있었다. 안도보다 수치와 무기력의 한숨이 속 깊은 곳에서 빠져나왔다. 고양이가 지나간 오피스텔 현관 앞 간이 간판에 '여성 치안 특화 시범 사업 지구'라고 적힌 석판이 꼿꼿하고 반듯하게 붙어 있었다. 홍지영은 제 몸만 한 쇼퍼 백을 고쳐 들고 두꺼운 유리문을 열었다. 쇠로 만든 출입문은 예상보다 훨씬 차가웠고 문을 닫았을 때는 훅 하고 따뜻한 기운이 몰려왔다. 갑자기 긴장이 풀려 몸이 무거워지는 느낌이 들었다. 우편물 몇 개가 꽂힌 우편함을 지나쳐 계단으로 올라가며 홍지영은 짧게 한숨을 내쉬었다. 계단마다 센서등이 착 소리를 내며 켜졌다.

무슨 수로 여성을 대표하는 근로자야, 내가.

홍지영은 고개를 가로저으며 반사적으로 계단을 올랐다. 터벅터벅 힘없는 발소리가 복도를 울렸다. 집 앞에 다다랐을 때는 본능처럼 천장에 달린 등과 소화전에 달린 붉은 불빛을 유심히 체크하다가 현관 개폐 장치에 바짝 붙어 비밀번호를 눌렀다.

문이 열리자 홍대성이 "오냐?" 한 마디를 건넸다.

"너 여행 안 갔어?"

"그러게 말이다. 어쩌다 보니 또 여기네."

홍대성은 거실을 버젓이 차지하고 누워 땅콩을 안주 삼아 맥주를 마시는 중이었다. 맥주가 벌써 서너 캔이나 찌그러진 걸 보니 적어도 한두 시간 전부터 혼자 불금 파티 중인 모양이었다.

"다예 씨는?"

말없이 씩씩댄다. 여행을 가기도 전에 한판 하고 온 모양이다. 왜 아니겠는가. 취준생 둘의 연애가 순탄한 게 이상한 거다. 자꾸 면접에서 떨어지는 여자와, 자꾸 시험에서 떨어지는 남자의 연애라면 더욱이.

"대체 속을 모르겠어. 요즘 히스테릭해."

홍대성의 말에 홍지영은 2년이나 취준생인 다예 씨가 히스테릭한 게 지극히 정상적이라고 생각한다.

"정상이야. 적당히 미쳐야 이 나라에서 살 수 있거든."

공감을 해 주고 싶은데 저러다 말겠지 싶어 말은 헛나온다.

"뭔 연애냐. 하루만 놀고 가서 공부해. 학원이든 독서실이든 가라고."

홍지영이 냉장고에 있는 맥주를 꺼내 와 옆에 앉는 동안 홍대성은 고개를 가로젓는다.

"대단해. 공감능력이 제로야. 넌 진짜 혼자 사는 데 최적화된 인간이야. 더불어 사는 삶, 모르냐? 친구가 아주 없지는 않잖아. 슬기 누나, 지현이 누나, 다 잘 사냐?"

휴, 하고 한숨을 내쉰 후에 소파 깊숙이 몸을 넣는다. 연애든 일이든 역시 제일 어려운 건 인간관계야. 속으로 말했을 뿐인데 홍대성이 대꾸한다.

"뭐가 있네. 오 과장이 아직도 괴롭혀?"

놀란 눈으로 홍대성을 바라보며 곧게 몸을 세웠다가 다시 소파에 몸을 묻었다. 눈치 하나는 빠른 놈.

지영은 자신의 일을 아꼈다. 아닌 척해도 나름대로 보람도 있었다. 에너지를 다루는 회사라고 에너지 시장만 아는 것은 아니어서, 세계경제와 정치의 흐름을 읽어 내며 아침마다 브리핑 작업을 했다. 아침에 브리핑을 하려면 두어 시간 이른 출근은 기본이었는데, 그러다 보면 정해진 퇴근 시간을 지키더라도 홍지영의 근무시간은 새벽부터 남들의 퇴근 시간까지, 자의 반 타의 반 꼬박 열한 시간이었다. 그렇게 해도 어쨌든 업무는 재미있었으니 그게 다행이라면 다행이었다.

"누나는 똑똑한데 좀 멍청한 데가 있어."

눈으로 욕하는 홍지영을 향해 눈을 양옆으로 길게 늘어뜨려 웃으면서 홍대성은 손에 들려 있던 맥주를 한 모금 마셨다.

"투서를 해. 불합리한 거를 합리적으로 따져 물으라고. 아까 물어본 업무 책임제? 찾아봤는데 좋더라. 그러면 오균성이 너한테 일을 시키고 성과를 가로채는 것도 불공정행위가 되는 거란 말이야."

홍대성의 말을 멈추게 만든 것은 휴대폰 알람이었다. 홍대성이 휴대폰을 슬쩍 보고 도리질을 쳤다.

"금요일 밤이다. 너 퇴근 안 했냐? 뭘 오균성이 괴롭혀. 본인이 스스로 괴롭히는 거야, 내가 볼 때는."

"조용히 해 봐."

얼굴이 발갛게 달아오른 지영은 맥주를 다시 한 모금 마시고 메일을 열어 천천히 읽었다.

"이번 국제회의에는 총 여섯 기획사가 제안서를 제출하였으며, 심사 기한을 알려 주시면 2주 후 심사를 통해……."

홍지영은 흥에 겨워 괴성을 내며 소파에 몸을 뉘였다. 반사된 휴대폰 화면의 다채로운 색감이 얼굴 위를 너울대며 지나갔다.

"대성아. 대성아. 너무 다행이다. 여섯 곳이나 지원했대. 오 과장한테 연락해 볼까? 지금 안 자겠지?"

잇몸이 만개한 채 소파 위에서 흥분으로 씩씩대는 누나를 보며 홍대성은 알 수 없다는 듯 고개를 휘휘 저었다. 수줍음 많고 수동적으로 보이지만 사실 누구보다 제 일을 좋아하는 홍지영이었다. 승진이나 인센티브에 별로 관심이 없는, 결혼에도 연애에도 그 밖의 모든 것에도 요즘은 별로 관심을 보이지 않는, 다만 자신이 하는 일에서만큼은 늘 충분한 양의 보람을 느끼고 싶어 하는, 순수하게 열정으로 일하는 인간이었다. 그런 누나를 바라보며 홍대성은 맥주를 시원하게 한 모금 했다.

2장

임강이가 탄 택시는 너른 논밭 사이에 이질적으로 깔린 8차선 새 도로를 부드럽게 달리고 있었다. 이 속도라면 틀림없이 지각인데도 태진시 푯말은 보일 기미가 전혀 없었다. 멀리 논밭 위로 아침의 흰빛이 부서질 듯 내리고 있었고, 논을 가르며 한 줄로 꼿꼿하게 선 매화나무 가지 위에는 작게 틔운 꽃봉오리들이 고개를 내밀고 있었다. 바람이 강하지 않은 것 같은데 가지가 흔들렸고, 꽃봉오리마다 윤곽에 빛이 머물러 있었다. 의심의 여지 없이 아름다운 광경이었지만 임강이는 좀처럼 바깥 풍경에 관심을 둘 수 없었다. 미터기 숫자가 올라갈수록 마음속에 초조와 불안이 차곡차곡 쌓여 갔다.

화석연료의 시대가 저물고 우리 인류 앞에 신재생에너지 시대가 도래했습니다. 독일과 같은 친환경 에너지 선도 국가는 신재생에너지 비율 100퍼센트 달성을 목표로 에너지 어젠다 2050에 합의했습니다. 대한민국 신재생에너지의 선두에 있는 태형그룹은 신재생 도시를 표방한 태진시에 본사를 이전한 후 도시 재생을 위한 사회적 역할을 다하겠다고 약속했습니다.

태형그룹은.

어, 태형그룹은.

어제 늦게까지 연습한 후에 새벽에 일어나 두어 번 더 연습을 했는데도 '도시 재생'이나 '에너지 어젠다' 같은 뜻밖의 단어들이 자꾸 입술 사이에서 뭉개져 나왔다. 도시 재생, 에너지 어젠다, 도시 재생, 에너지 어젠다.

검은 바지, 옅은 하늘색 스트라이프 셔츠, 과하지 않을 정도로 바른 파운데이션, 제대로 정리되지 않은 눈썹, 어깨를 두른 검고 구불구불한 머리. 무릎 위에 있는 제안서에서 떨어질 줄 모르던 임강이의 시선이 마침내 바깥을 향한 건 택시가 곡선 길로 접어든 찰나였다. 작은 나뭇가지나 잔 돌멩이가 뭉툭하게 차체를 치고 튕겨 나가는 소리에 조건반사처럼 고개를 들었을 때 긴 곡선의 도로 끝에 펼쳐진 태진시는 지독

한 안개에 둘러싸여 한 치 앞을 볼 수 없었다.

"아이고, 안개 봐라."

속도를 낮추고 천천히 안개 속으로 차를 몰던 택시 기사가 룸미러로 뒷좌석을 힐끔 보더니 이어 말했다.

"이곳이 원래 사람이 살지 않던 논밭을 개간해 만든 분지라 그렇습니다."

"네." 하고 작게 답하며 뒷좌석 차창으로 고개를 돌리자 이번에는 먹구름처럼 낀 안개 사이로 공사장의 불빛이 흐릿하게 휘어지더니 서로 다른 높낮이의 기계 소음이 섞여 들려왔다. 구획된 부지마다 공사 패널들 사이로 쉴 틈 없이 지게차가 진입하고 있었고 지게차 틈으로 보이는 널따란 공사 부지에는 허공을 가르는 타워크레인들이 어지럽게 서 있었다. 안개 속에 뿌옇고 느슨하게 번져 가는 노란빛이 마치 장례식장에 걸린 조등의 빛 같았다. 살짝 열려 있던 차창을 올려 닫으며 임강이 물었다.

"이 많은 아파트에 사람들이 다 입주를 하긴 하려나요?"

택시 기사가 모르는 소리 한다는 듯 코웃음을 치며 대답했다.

"어디 사람 살라고 만든 도심인가요. 여기 대기업 공장 몇 개만 들어온다고 하면 또 값이 오릅니다. 벌써 수억 번 사람들도 많다던데요."

도로는 구획에 따라 포장도로와 비포장도로가 혼재되어 있었고 내비게이션은 미등록된 도로의 위치를 찾으려 수시로 재검토 중이었다. 기사는 이 앞에 완공된 오피스텔 단지만 지난 후에 방향을 돌려 구도심의 아스팔트 도로로 진입하는 방식을 선택해도 괜찮겠냐고 물었다. 실내외의 온도 차이로 유리창에 김이 서려 아무것도 보이지 않자 임강이는 손가락 두 개로 차창 가운데를 아무렇게나 쓱 문질렀다. 네, 그러시죠.

　황량한 논과 밭이 덧없이 스쳐 지나가다 갑자기 신도심의 공사 부지가 나오는 장면이 여러 번 반복되었다. 흙가루를 산처럼 싣고 외길을 빠져나가려는 트럭을 먼저 보내려고 잠시 정차하면서, 기사가 뒷좌석까지 잘 들릴 만큼 큰 소리로 말했다.

　"다들 부동산값이 문젠 줄 알죠. 진짜 문제는 그게 아니에요. 보신 것처럼 여기는 분지라 공기가 안쪽으로 고인단 말입니다. 저렇게 흙을 양껏 퍼 나르고 멋대로 들이고 하다가는 곧 흙은 깡마르고 산은 죄다 파이고 물은 말라 없어질 겁니다. 친환경 도시? 웃기고들 있죠."

　기사는 태형그룹 홍보물 앞으로 길게 이어진 태양광 전지판을 따라 액셀러레이터를 밟았다. 태형의 본사 건물은 튀어나온 송곳처럼 느닷없고 엉뚱하게 서 있었다. 주변에 다른 건물이 전혀 없었고 흙과 바람과 멀리 보이는 푸른 논밭이 풍경의 전부였다. 이 점이 건물을 더욱 이질적으로 보이게 만들었다. 덕분에 방향을 찾기는 쉬웠고 점점 목적지에 가까워지는 것도 맞았지만 이름 없는 도로들이 많아 내비게이션이 길을 잃고 헤매기는 마찬가지였다. 유리 벽으로 세운 본관용 마천루 건물과 층이 낮고 지붕이 넓게 퍼지는 형태의 별관용 건물을 향해 택시가 다가서는 모습을 상상하자니 마치 거대한 야생동물에게 덤벼드는 작은 벌레 같았다.

택시가 막 본관 입구를 찾아 들어가려는 찰나에 익숙한 뒷모습이 임강이의 시야에 스쳐 갔다. 짙고 으슥한 그늘로 들어가는 두 사람이 시야에서 사라질 때까지 임강이는 그 모습을 빤히 바라봤다. 형식적인 인사와 함께 택시에서 내리면서도 자꾸만 그쪽으로 눈이 갔다.

택시가 왔던 길을 되돌아가는 동안, 임강이는 1층 유리창을 허리띠처럼 두른 태형의 로고를 따라서 건물의 그림자가 짙게 깔린 그늘로 갔다. 역시나 건물 뒤편에서 대화를 나누는 두 사람이 눈에 띄었다. 테이크아웃 음료 잔을 들고 구석에서 퍽 심각한 표정으로 대화를 나누는 사람과 상대편에 있는 의외의 인물. 백재현과 송라희였다.

기분 탓인지 뒷골이 뻣뻣해졌다. 봐서 좋을 일 없는 장면을 목격한 것 같은 이상하고 찜찜한 기분. 미세한 불쾌감이 옅은 진동으로 몸을 훑고 가는 느낌. 발걸음을 돌렸다. 시큰

한 화학 접착제 냄새가 따라붙었다. 그제야 눈에 보이는 것은 허리 높이의 잡초 더미 대여섯 개가 여기저기 흩어져 있는 면적이 넓지 않은 공터였다. 산사태의 흔적처럼 높이가 일정하지 않은 작은 흙 절벽이 여러 개 보였고 그 아래로는 건축 폐기물과 쓰레기가 멋대로 나뒹굴었다. 산을 깎은 지 얼마 되지 않아 미처 고르지 못한 울퉁불퉁한 땅에서 마르지 않은 풀 냄새가 풍겼다.

친환경 도심 개발에 일조하겠다던 태형의 각오가 담긴 기사의 문구 여럿이 머릿속을 스쳐 갔고 임강이는 깊이 숨을 들이마셨다가 신음처럼 한숨을 내뱉었다. 우연히 고개를 돌렸을 때 마주친 건 벽에 달라붙은 생물체였다. 그게 손바닥 길이의 뱀이라는 걸 발견했을 때 임강이는 소리를 지르며 주저앉을 뻔했다.

뱀이 동작을 멈추었으므로 임강이도 그대로 섰다. 잘 보니 뱀은 건물 벽을 타고 올라가려고 실 같은 몸을 힘차게 뻗어내는 중이었다. 놀라기는 뱀도 마찬가지였을지 몰랐다. 사실 구역을 침략당한 건 인간이 아니라 오히려 그 아기 뱀이었을 테니까. 뱀이 꼬리를 팽팽하게 당기며 뻗어 냈다. 그쪽도 자신과 이질적으로 생긴 인간이 무서울 게 분명했다. 우리는 친구 아니면 적이 될 수밖에 없는 사이였다. 뱀이나 고라니, 이름도 모를 곤충들과 함께 살거나 이곳에 살고 있던 생명체를 내쫓

거나. 평생 도시에서만 살아온 임강이로서는 두 가지 방법 다 자신이 없었다. 침투는 폭력적이고, 함께 사는 법은 익힌 적이 없으니까. 그러니 차라리 어떤 쪽도 겪지 않는 편이 좋겠다. 평생 안전한 도심 안에서 벗어나지 말자.

임강이는 눈길을 거두며 건물 안으로 들어갔다.


"발표 시작하시죠."

진행자는 자신을 태형그룹 기획실 과장이라고 소개했고 임강이는 가만히 서서 심사 위원들을 바라봤다. 벌써 몇 번의 발표를 들은 후라 지친 기색이 역력했다. 아마 내용과 전개가 모두 엇비슷한 발표들이었을 것이다.

사실 그들이 기대하는 것이 그 이상이 아니라는 것을 임강이와 임강이가 대변해야 하는 아티스틱 직원 모두 잘 알았다. 그래도 해 볼 만한 가치가 있었다. 언제까지 다른 회사 뒤꽁무니를 바라보며 B급 행사만 구현할 수는 없으니까. 비장했다. 잘해야 했다. 정말로 기회를 따내고 싶었다. 일이 없어 한시직 기획자로 떠돌던 때로 돌아가고 싶지 않았다.

"저는 1년 전부터 딸기 모종을 기르고 있습니다. 사진에 보이는 딸기 모종이 제가 길러 작년에 따 먹은 딸기가 들어 있는 화분이고요. 좀 더 들여다보시면 작게 피어나는 딸기 열매를 찾으실 수 있습니다."

엉뚱한 스타트에 심사 위원들 표정이 제각각이었다. 입술을 이죽이거나 허탈하게 웃는 사람들도 눈에 띄었다. 그리고 맨 끝에 앉아 호기심 어린 눈으로 이쪽을 바라보는 붉은 재킷의 여자. 임강이의 눈동자가 크게 한 번 흔들렸다.

"속이 튼튼한 열매를 맺으려면, 햇빛과 물, 적당한 영양소가 필요합니다. 저는 얼마 전에 아주 중요한 것을 깨달았습니다. 딸기에 열매를 맺히게 하는 핵심 원료는 바로 이 물이었습니다. 너무 많지도, 너무 적지도 않은 적당량의 깨끗한 물 말입니다."

계획대로 알렉스가 스피커 볼륨을 올렸고 청량한 물소리가 회의장에 퍼져 나갔다. 어디선가 볼펜 떨어지는 소리가 났다. 꿀꺽 침을 삼키며 시선을 피하다가 저 멀리 벽에 기대어 임강이를 바라보고 있는 한 사람과 눈이 마주쳤다. 그는 안경을 쓰고 팔짱을 낀 채 골똘히 임강이를 바라보고 있었다.

"딸기 모종뿐이 아닙니다. 먹고 입고 자는 모든 행위에는 에너지가 필요합니다. 지금의 화석연료로는 한계가 있습니다. 태형은 지난 수십 년간 그 상황을 주시해 왔습니다. 기후변화나 미세먼지 같은 환경문제가 발생하면서 전 세계적으로 화석연료 사용에 대한 반성의 움직임이 일어나고, 태형은 그에 맞춰 친환경 에너지를 개발하기 시작합니다."

벽에 기대 있던 여자가 왼손을 주먹 쥐어 턱에 괴며 모니터를 올려다봤다. 여자의 안경에 빔프로젝터에서 반사된 빛이 두 줄로 그어졌다. 모니터에는 원자력발전소 폐기, 신재생에너지와 친환경 에너지의 세계적 증가 추세 같은 뉴스들이 한꺼번에 지나갔다.

"설비 비용이 화석연료에 비해 열 배 높은 신재생에너지는 상용화가 어렵습니다. 저장된 화석연료가 없어지면 인류에게 에너지는 더 절실해질 겁니다. 그것을 이미 파악한 에너지 기업 태형의 선택은 물과 빛이었죠."

임강이의 손짓에 따라 의자 뒤쪽에 하나둘씩 빛이 들어왔다.

"지금 보고 계신 징검다리 불빛은 행사장에서 다음과 같은 그림으로 구현될 겁니다."

임강이의 말에 이어 3D 시뮬레이션이 모니터에 떠올랐다. 무대 앞으로 족욕탕처럼 작은 물줄기가 흘러 공간을 크게 두르고 모형으로 만들어진 사람들이 사이사이에 앉아 발을 담그고 있었다.

"보시는 물은 태형의 수소 분리 기술이 만들어 낸 수소 차가 운반하는 온천수로 구현합니다. 태형은 수력에너지 협력 연구에도 최선을 다합니다. 물로 만든 에너지에 대한 연구가 한창이고요. 저희 아티스틱은 그 점을 강조하려고 합니다. 인간과 가장 가까운 물 자원으로 친환경 에너지를 만드는 기업.

콘퍼런스의 핵심 목표인 네트워킹을 보다 부드럽게 하고, 콘퍼런스를 여는 개막식과 축하공연에 이 물을 사용합니다."

모니터의 검은 징검다리 사이로 물이 흘러가며 징검다리가 별자리처럼 빛났다. 심사 위원들 뒤에 놓였던 돌 모양의 플라스틱에서도 빛이 쏘아 올려져 천장을 환하게 밝혔다.

"태형의 새로운 시도는 한국 신재생에너지 R&D 역사의 도화선이 될 것입니다. 저희는 그런 태형그룹의 비전을 담아 행사를 치르고자 합니다."

한꺼번에 빛이 밝아지며 흩어졌던 물이 한데 모였다.

"물처럼 걸림 없이 행사를 진행하겠습니다."

정적이 흘렀다. 예정에 없던 문장으로 발표를 끝맺고 쑥스러워 뜨거운 기운이 확 올랐다. 오른쪽 끝에 앉아 있던 태형그룹 기획실 실장이 물었다.

"행사가 표현하는 기업의 비전이 뭐죠?"

높낮이가 없는 건조한 문장이었지만 끝이 날카로워 공격적이었다. 다리가 후들거릴 정도였지만 임강이는 침착하게 질문자를 바라봤다. 적수 앞에서는 자신감 넘쳐서 무엇이든 다할 것 같은 사람으로 보이는 게 더 나은 법이다.

"세상의 모든 인간을 하나의 점으로, 징검다리를 사람들이 소속한 사회로, 징검다리를 유유히 흘러가는 물을 환경으로 표현합니다. 이들의 조화는 태형의 가치이기도 한 지속가능하고 환경친화적인 에너지와 인간 사이의 유대를 상징합니다."

세미나실에 불이 켜지고 앞에 있는 사람들의 얼굴이 또렷해지자 임강이의 시선은 맨 뒤에 서 있는 단발머리 여자에게 다시 닿았다.

"마지막으로 하실 말씀 있습니까?"

붉은 재킷을 입은 심사 위원, 송라희였다.

백재현과는 어떤 대화를 나눈 걸까. 이 행사가 엎어지지 않았다는 소식을 백재현에게 알린 것이 송라희였던 걸까. 만약에 그렇다면 송라희는 왜 백재현에게 그런 소식을 알렸을까?

"저희는 몇 달 동안 태형을 공부하면서 기업의 가치를 몸소 익혔습니다. 태형그룹도 방문했고, 연구실을 기웃거리다가 쫓겨나기도 했습니다. 에너지 대기업은 고리타분하다는 선입견이 깨지는 경험이었습니다. 파격적이고 따뜻한 휴머니즘, 제가 발견한 태형의 이미지는 그런 것이었습니다."

가벼운 박수 소리와 함께 임강이는 목례를 하며 발표를 마쳤다. 다리에 힘이 풀렸는데 괜찮은 척 탁자에 기댔다가 몸을 떼어 냈다. 자연스레 시선이 뒤편에 있는 청중 쪽으로 향했다. 백재현은 없었고 임강이의 눈에 들어온 건 벽에 기대어 있다가 이쪽으로 천천히 걸어오는 단발머리에 검은 운동화 차림의 여자였다. 임강이는 여자를 향해 웃으며 고개를 끄덕였다. 여자도 임강이에게 선한 웃음으로 답하며 명함을 건넸다.

여자의 이름은 홍지영이었다.

*

강혜원은 선 차장과 늦은 점심을 먹고 있었다. 오랜만에 함
께하는 식사였으나 강혜원에게 썩 달가운 자리는 아니었다.
선 차장에게서 점심을 같이 먹자는 이야기를 들었을 때부터
밥이 목구멍으로 넘어가지 않는 느낌이었다.

아니나 다를까, 첫 숟갈을 뜨기 무섭게 선 차장이 물었다.

"태형 쪽 사람 만났다면서?"

그는 말을 거르거나 빙 두르는 법이 없는 사람이다. 동기였
던 선 차장과 쉽게 친해질 수 있었던 이유도 그거였다. 그가
강혜원에게 내정되어 있던 자리를 꿰차기 전까지 둘은 내밀
하지는 않아도 거리낌 없을 정도의 친분을 유지하고 있었다.
지금은 사정이 다르다.

자신의 질문에 혜원이 "응." 하고 대답한 뒤 더 이상 말을
잇지 않자 선 차장은 혜원을 가만히 바라보다 밥을 국에 말
아 수저로 떠 입에 넣으며 말했다.

"나한테 말이라도 해 주지 그랬어. 네가 뛰든 내가 뛰든 우
리 호텔이 잡으면 좋지. 요즘 그게 제일 큰 건인데. 다 눈독 들
이고 있잖아."

강혜원은 침착하게 반찬으로 나온 무말랭이를 씹으며 대답했다.

"말하려고 했어. 그리고 일부러 만난 게 아니라 호텔에서 우연히 만난 거야."

우연이었든 아니었든 기업 세일즈를 담당하는 세일즈 팀 차장을 통하지 않고 태형그룹 사람을 만난 데 반감을 가진 것이 이상할 일은 아니다.

"우연히 만났는데 레스토랑에서 코스 요리를 대접했네? 한 달 치 직원 포인트를 다 써 가면서?"

강혜원은 가만히 밥을 떠서 입에 넣었다. 잔돌이 혀 위를 굴러가는 느낌이었다. 무엇을 말해도 지금은 변명처럼 들릴 게 분명했다. 스위트룸 승급까지 들키지는 않은 것 같아 다행이다.

선 차장과 강혜원은 15년 동안 같은 공간에서 일했다. 강혜원이 선 차장보다 더 일찍 정규직 전환이 되었고 그보다 더 일찍 대리가 되었으므로, 육아휴직 직후에 들려온 선 차장의 승진 소식은 반가울 수 없었다. 아직도 강혜원은 그 자리가 자신의 자리였다고 생각한다.

강혜원은 누구에게도 묻지 않았다. 진실을 알기 위해 덤벼들지도 않았다. 계약직과 정규직같이 눈에 띄는 차별과의 싸움이라면 차라리 쉽다. 같은 직급 내에서 다투는 자리싸움은 능력의 차이로 해석될 것이다.

선 차장은 밥을 꼭꼭 씹어 먹으며 아무렇지 않게 말했다.

"혜원아. 너는 아이도 있고 가정도 있으니까 사실 일에 그렇게 욕심낼 건 아니지 않아?"

혜원은 고개를 들어 선 차장을 바라봤다. 선 차장은 강혜원에게 눈길을 주지 않은 채 끔뻑거리며 말을 이었다.

"천천히 먹어. 그러다 체해."

강혜원은 그게 뭘 뜻하는지 잘 알았다. 그래서 불온하고 위태로운 모욕이 일었다. 지금까지의 모욕은 늘 필터를 거쳐 내려오는 것이었다. 전무나 본부장 같은, 먼 곳에 있어서 혜원에게 큰 영향을 끼치지는 않는 사람들이 주는 크지 않은 충격이었다. 이번에는 차원이 달랐다. 지금 혜원에게 얼굴색 하나 변하지 않고 말하는 그는 자신의 가까운 동료이자 어려운 시절을 함께 지나온 친구였다.

마침 어린이집 선생님에게서 전화가 오지 않았다면 혜원은 무슨 말을 건넸을까. 아이가 있으면 성공을 꿈꾸면 안 되는 거냐고 되물었을까.

선생님은 다급한 목소리로 '유란 어머님'의 전화번호가 맞느냐고 물었다. 예전 담임선생님이 알려 주었는데 한 번도 걸어 본 적이 없어서 아버님께 물어보려고 했다는 거였다. 집에서 나와 호텔에서 지낸 이후 두어 번 아이를 보러 가기는 했지만 아이가 엄마를 찾는다는 말에 심장이 내려앉는 느낌이었다. 선생님은 놀이터에서 놀던 아이가 미끄럼틀에서 발을 헛디뎌 땅으로 떨어졌다고 말했다.

유란이는 괜찮아요? 혜원은 물으며 선 차장의 표정을 살폈다. 눈썹이 살짝 올라가는 모습이 눈에 들어왔다. 전화를 끊은 혜원은 양해를 구하며 일어났다. 걱정하는 얼굴로 선 차장이 물었다.

"많이 다친 거야?"

선 차장의 진심이 묻은 얼굴을 애써 외면하며 혜원이 말했다.

"일단 가 봐야 알 것 같아."

"회사는 걱정 말고 다녀와."

선처해 주는 직장 상사의 언사처럼 들렸으므로 그 말은 무척이나 거슬렸다. 부산하게 짐을 챙기는 혜원을 향해 선 차장이 다시 무언가 말했는데, 혜원은 그걸 제대로 듣지 못하고 급히 자리를 떠났다.

서둘러 뛰어 택시를 잡고 앉아서야 선 차장의 마지막 말이 선명해졌다.

"거봐. 너는 이제 일에 올인할 수가 없다니까. 그럼 안 돼."

분하기보다 속상했고 괜히 눈물이 차오르는 것 같아, 아무것도 아닌 듯이 혜원은 감은 눈을 손바닥으로 꾹 눌렀다. 아이의 소식을 전하며 잠깐 자리를 비우겠다고 박윤수에게 문자를 보냈다. 그러면서 물었다.

— 선배는 삶에 만족해?

걱정 말고 어서 다녀오라는 박윤수의 답장이 곧 화면에 떠올랐다.

— 너, 충분히 열심히 살고 있어.

그가 전해 준 다정의 온도가 차갑게 식었던 혜원의 마음에 닿아 가슴을 조이는 느낌이었다. 아이를 가졌다고 고백했을 때 말없이 따뜻한 차를 손에 쥐여 주고 가던 박윤수의 모습이 마음 깊은 곳에서 차올랐다. 고개를 돌렸을 때 눈에 띄는 것은 유리창 너머 직장인들이 점심을 먹고 각자의 회사로 돌아가는 모습이었다. 그 세계 안에 자신을 위한 자리는 아직도 존재하지 않는 것처럼 느껴졌다. 인사 이동 대상자에서 제외된 지 3년째. 이대로 멈출 수도 없고 내달린다고 앞날을 보장받는 것도 아닌, 의미와 무의미가 지겹도록 반복되는 날들이 이어지고 있었다.


우리 혜원이는 커서 뭐가 되고 싶어?

어머니는 어린 딸에게 자주 물었다. 혜원의 시야에서 '커서 되고 싶은 것'의 범주는 주로 선생님이었다. 유치원 선생님, 약국 선생님, 의사 선생님. 그러면 어머니는 소리 내 웃으며 혜원의 손을 꼭 쥐었다. 그래, 네가 원하는 건 무엇이든 할 수 있어.

어머니가 그렇게 웃으며 이야기할 수 있을 때까지 오랜 시간이 걸렸다. 저수지에 낚시를 하러 간 아버지가 물에 빠져 죽은 지 몇 년이 지나서였다. 사법고시에 막 패스한 아버지가 친구들과 축하 겸 낚시 여행을 가겠다고 했을 때 어머니는 당분간 몸을 조심해야 하니 가지 않았으면 좋겠다고 했단다. 어머니의 말을 듣지 않고 아침에 떠난 아버지는 다음 날 밤 주검이 되어 돌아왔다. 아버지의 합격이 인생의 유일한 희망이었던 어머니에게는 어린 딸과 고시를 준비하며 쌓인 빚만 남았다.

어머니는 일이라면 가리지 않고 했다. 식당 일도 했고 식모살이도 했고 공장에서 사탕을 포장하기도 했다. 집을 옮겨 다닌 횟수만큼 많은 종류의 일을 하고서야 어머니는 조무사 시험에 붙어 병원에 취직했다.

어머니는 간호사를 꿈꿨을까. 혜원은 지금도 종종 어머니가 첫 출근을 하던 날을 떠올리며 궁금해하곤 한다. 호텔리어를 꿈꾸기 시작했던 건 언제였더라, 하고 생각할 때면 단단하고 힘 있게 울리던 엄마의 말이 함께 떠오른다.

네가 원하는 건 무엇이든 할 수 있어.

어머니가 5년 넘게 일한 병원은 혜원에게도 익숙한 장소였다. 골목 시장 어귀에 있던 낡은 건물 2층의 정형외과였다. 원장이 자리를 비우는 때나 점심시간에 혜원은 병원에 가 시간을 보내곤 했는데 그러다 보면 동네 할머니들이 혜원에게 자주 말을 걸었다. 엄마가 순해서 너도 순하구나. 보통 이런 식의 칭찬이었는데 혜원은 순하다는 말을 순해져야 한다는 말로 알아듣곤 했다. 엄마는 채우지 못한 갈증을 채우듯 혜원이 받아 온 성적이나 그림 대회에서 받은 상장을 자랑했다. 엄마가 폭발하는 계기는 하나였다. 시장 할머니들이 혜원에게 여자는 시집만 잘 가면 된다는 조언을 했을 때.

그런 소리 마세요. 제일 쓸데없는 게 남편한테 의지하는 거야. 알아?

답하듯 침묵이 흐르면 엄마는 큰 소리로 비명을 질렀다.

왜, 또 서방 잡아먹은 독한 년이라고들 그러게?

갑작스러운 엄마의 도발과 곁에 있던 무가지를 두서없이 펼쳐 읽던 사람들의 모습이, 혜원의 머릿속에는 오랫동안 상흔처럼 남아 있다.

어머니는 배움과 교육을 맹신했다. 배운 티가 나면 사람이 우아해진다고 그는 생각했다. 어머니는 강혜원이 호텔에서 일하는 걸 보지 못했지만, 틀림없이 좋아했을 것이다. 강혜원이 오랫동안 꿈꿨던 일이라고 한다면 더 좋아했을 것이다. 우아한 곳에서 하는 일은 사람을 우아하게 만든다고 좋아했을 것이다.

택시를 타고 아이가 있다는 병원을 향해 가며 강혜원은 어렴풋이 어머니가 자신에게서 더 나은 미래를 꿈꾸려고 했을지 모르겠다는 생각을 한다. 그런 생각이 들 때면 스스로 좋은 엄마는 되지 못할 것 같아서 두렵다. 딸의 미래가 자신의 지금보다 윤택하고 행복했으면 좋겠지만 윤택한 삶이 무엇인지 모르겠다는 생각을 하곤 한다.

체했는지 답답한 가슴을 손바닥으로 꾹 누른다.

*

홍지영은 얼빠진 눈으로 심사 결과를 한참 동안 붙들고 있었다.

밤사이 결과가 뒤집혔다. 점수표의 연필 자국은 모두 볼펜으로 바뀌어 있었다. 출근한 오균성이 사무실에 들어와 막 가방을 내려놓던 참이었는데, 홍지영은 괜히 놀라 벌떡 일어났다가 다시 앉았다. 가벼운 발걸음으로 다가온 오균성이 홍지영의 어깨를 토닥거리며 말했다.

수고 좀 해 줘.

오균성은 홍지영에게 일을 쉽게 하는 법을 알려 주었다. 심사 위원들 책상 위에 연필만 두어 심사서를 지울 수 있게 기록하면 갈등이 생길 일이 없을 거라고 조언했다. 심사하는 어르신들이야 뽑히는 기획사가 어디든 관심 있을 리 없잖아. 시치미 떼는 표정이 서류 위에 어른거리는 것 같아 홍지영은 한참 동안 결과에서 눈을 떼지 못했다.

물론 과정을 처음 겪는 홍지영으로서는 기획사가 어디든 괜찮았다. 인터스라면 기획사 업계의 자타 공인 1위 기업이니 좋아만 해도 모자랐다.

발표도 흠잡을 데 없었다. 인터스를 대표해 온 이들은 각본에 짜인 듯 일사불란하게 심사에 임했다. 신재생에너지 개발을 위한 태형의 노력과 행사의 방향을 단정한 문장으로 노련하게 발표했다. 그들은 산업부나 보건부 등 정부 부처부터 의사회, 약사회 같은 협회, 다양한 분야의 기업들과 일해 본 경험이 있었다. 이만한 스케일쯤 문제없이 장악할 만한 능력도 있었다. 그들의 능력을 인정하지 않는 게 아니다. 하지만 그게 이 심사 결과를 정당화하지는 않는다. 무엇보다, 정의롭게 돌아가지 않는 판은 재미가 없다.

오균성은 이런 홍지영의 사고방식이 얼마나 고리타분한 것인지 생활 습관을 예로 들며 조목조목 알려 주었다. 고통을 최소화하는 방식으로 도축된 동물의 고기만 먹는 것, 음식 섭취가 금지된 옥상에서는 커피 한 잔도 마시지 않는 것, 에코백을 100회 이상 써야 환경보호에 기여한다는 말을 듣고 정말로 에코백이 늘어날 때까지 들고 다니는 것. 오균성은 능치듯 나무랐다.

성실하고 원칙적인 게 미덕이 아니야. 미련한 거지.

홍지영은 면접 당일 아침에 일어난 일들을 차례로 복기했다. 출근 직후 오균성이 면담용이라며 가지고 나간 심사서가 어쩐지 마음에 걸렸다. 홍지영은 우선 그날 발표를 총괄했던 인터스 세일즈 팀장의 이름을 찾아낸 후에 키맨이 그쪽이 아니라는 생각에 서류를 덮었다. 시간을 들여 인터스가 제출한 운영 계획서와 기업 소개 책자를 뒤지고 근년 행사 결과서를 비교해 반복되는 사람을 찾아냈다. 행사 팀을 총괄하는 운영부 부서장 '송라희'였다. 송라희라면 '전국 기획사 협회 전문 이사'라던 면접관 여섯 명 중 한 명 아니었나. 인터스 사람이 심사를 봤다는 건가. 홍지영은 곧 총무과에 전화를 걸어 기획실이 했던 지난 행사들의 예산과 결산 내역을 뽑아 달라고 부탁했다.

그사이 오균성이 사무실로 들어와 자리에 앉으며 홍지영에게 점심 약속이 있는지 물었다. 여유가 넘치는 데다 너그러운 표정이었다.

"있어도 오늘은 취소해."

그는 휴대폰 통화 버튼을 누르며 비장한 목소리로 말을 이었다.

"점심 한번 고급지게 먹어 보자."

"과장님, 그 전에 질문이 있는데요."

오균성이 휴대폰에서 얼굴을 떼며 눈짓했다. 말해도 좋다는 뜻 같았다.

"송라희 심사 위원은 어떻게 모시게 된 건가요?"

오균성이 코를 찡긋거리더니 홍지영 앞에 있는 심사서를 가리켰다.

"거기 써 있잖아. 기획사 협회 이사."

그는 인터스의 책자에 일부러 눈길을 주지 않는 것처럼 보였다.

"아니, 제 말은……"

오균성이 귀찮다는 듯 손을 품 안에서 바깥으로 빠르게 내저었다.

오균성이 통화를 시작한 사이에 홍지영은 인터스의 예산서를 봐 줄 만한 사람을 생각하다가 홍대성에게 메시지를 보냈다. 분명 이상한 점이 있을 테니 찾아봐 달라고 했다. 옆에서 들려오는 오균성의 목소리가 한껏 고조되어 있었다. 무슨 꿍꿍이길래 저렇게 웃으며 전화를 받는 거지. 아침으로 먹은 두유 냄새가 입안에 맴돌며 코를 찔러 댔다.

퀸스턴 호텔 1층 이탈리안 레스토랑 앞에는 악보대처럼 생긴 LED 메뉴판이 있었다. 홍지영은 거기에서 눈을 떼지 못했다. 가장 싼 알리오올리오는 홍지영이 즐겨찾는 파스타 식당 가격의 네 배를 줘야 먹을 수 있었다. 검은 정장의 지배인이 눈길을 돌린 사이 오균성이 홍지영을 잡아끌며 속삭이듯 말했다.

촌스럽게 그만 보고 여기서 제일 비싼 거 먹어.

홍지영이 넋 놓고 오균성을 빤히 바라보고 있는데, 그는 다시 살짝 미소 지으며 두 손가락을 들어 지배인을 불렀다.

"강혜원 지배인과 약속했는데요."

지배인이 잠시 기다려 달라고 말하고서는 뒤로 돌아 짧은 통화를 마쳤다.

"바로 올라온답니다."

오균성이 고개를 살짝 숙이며 웃었다. 홍지영은 호텔에 들어온 순간부터 한마디도 꺼내지 못했다.

강혜원이 나타나기까지는 오래 걸리지 않았다. 검은 치마에 검은 재킷, 흰 셔츠를 입고 심플하게 쓸어 넘긴 머리를 뒤로 묶은 단정하고 심심한 옷차림이었다.

"전에 식사 대접해 주신 게 감사해서, 미팅 겸 점심이나 함께할까 하고 연락했습니다. 간단히 파스타 어떤가 보고 있었는데, 어떠세요? 제가 대접하겠습니다."

"호텔까지 오시는데 제가 다 준비해 뒀죠. 파스타도 좋을 것 같긴 한데, 일식, 한식, 중식도 가능합니다. 어디로 가시겠어요?"

오균성은 그것까지는 생각하지 못했다는 듯 '아' 소리를 내더니 숨도 들이켜지 않고 답했다.

"깔끔한 일식 어떨까요?"

"좋습니다. 올라가실까요?"

홍지영은 지금까지 본 장면들이 한 편의 쇼라는 걸 엘리베이터에 들어가서야 알았다. 오균성은 일부러 강혜원에게 연락해서 점심 약속을 호텔로 잡았고, 그가 생각한 점심 메뉴는 애초에 파스타가 아니었으며, 단지 이동이 쉬운 1층 레스토랑 앞에서 지배인을 부른 후에 자신이 대접하겠다는 말을 예의상 남긴 것이었다. 얼마나 연극 같은 설정인지.

홍지영은 오균성을 보며 예의에 대해 생각했다. 오균성은 아마 지금 자신이 매너를 잘 지키고 있다고 생각할 거였다. 불편하지 않게 자연스러운 대화 자리를 만든 자신의 모습을 자랑스럽게 느낄지도 몰랐다. 홍지영이 보기에는 전제부터 잘못됐다. 오균성은 매너가 아니라, 예의가 없는 거다. 스킬이 없는 게 아니라, 상식이 없는 거다. 더 놀라운 건 강혜원이었다. 그런 것 따위 신경도 쓰지 않는다는 듯, 한 손에 다이어리를 들고 오균성의 말에 귀를 기울이며 간간이 다정한 박수를 치는, 체득된 사회화가 무엇인지 보여 주는 저 사람.

그사이 엘리베이터는 부드러운 움직임으로 33층에 안착했다.

강혜원이 예약해 둔 좌석은 시내가 한눈에 보이는 홀의 가장자리였다. 조용히 이야기를 나눌 수 있게 각 테이블 앞뒤가 높은 파티션으로 막혀 있었고 안쪽 주방 앞으로는 오마카세를 먹을 수 있는 테이블이 마련되어 있었다. 식당 홀에는 청아한 종소리가 간간이 들리는 클래식 음악이 흘렀다. 홍지영은 턱을 내밀어 멀리 도시를 바라봤다. 소리가 없는 도시 풍경은 컬러로 된 무성영화처럼 무심하고 느리게 흘렀다. 이런 고급 음식점은 생각해 보지 못한 데다 돈 한 푼 내지 않는 비현실적인 대접은 어색하기만 했다.

잘게 잘린 전복, 새우, 성게알이 달콤하고 맑은 소스에 버무려진 애피타이저를 먹는 동안 가장 말을 아낀 사람은 강혜원이었다. 오균성은 능숙하게 애피타이저를 해치우고 메인 음식을 받아들었다. 홍지영은 고개를 들거나 어깨를 펼 수 없었다. 강혜원의 점심시간을 뺏었다는 사실과 오균성의 이야기를 호응하며 들어야 하는 스스로가 부끄러웠다.

"일을 부드럽게 풀어 가는 방법 아니겠습니까. 같이 일하는 사람들끼리 점심 한 끼 하고 그런 거."

홍지영의 생각에 오균성의 말은 완전히 틀리지도 완전히

맞지도 않았다. 가능성이 있을 뿐 셋은 아직 파트너가 아니니까. 강혜원은 말없이 자주 웃으며 이해한다는 듯 고개를 끄덕였다. 홍지영은 그럴 때마다 두 사람이 이 바닥에서 오랫동안 일해 왔다는 사실을 떠올렸다. 이런 쇼는 일의 일부인 걸까, 일을 빌미로 받는 성찬일까. 어떤 것이 어떤 것이라고 선을 그어 말할 수 있을까. 입안에서 오물거리는 음식의 맛을 거의 느끼지 못했다.

디저트로 말차와 모나카가 나오고 나서야 오균성은 이번 태형그룹 콘퍼런스의 취지에 대해 이야기하기 시작했다. 누가 봐도 계산된 행위였지만 타박하는 사람이 있을 리 없었다. 그는 협업의 뉘앙스를 강하게 풍겼지만 같이 일하자고 선을 그어 말하지 않았다. 그것만으로도 강혜원을 압도할 수 있었다. 홍지영은 옆에 앉은 오균성을 바라보며 웃을 자신이 없어 초록색 아이스크림이 꽉 들어찬 모나카만 멍하니 들여다보고 있었다. 오균성이 이야기하고 강혜원이 받는 식의 대화였다.

"지배인님 아이 꽤 컸겠어요."

"기억하시네요?"

"그럼요."

오균성의 비상한 기억력이 부러울 정도였다.

"이제 어린이집에 다녀요."

오균성이 벌써 그렇게 많이 컸느냐고 묻자 강혜원이 눈을 작게 뜨며 웃었다. 아이는커녕 남편이 될 애인도 없는 홍지영이 느끼기에도 아이는 공기에 꽉 차던 긴장을 누그러뜨리는 좋은 대화 주제였다.

"일하시랴 아이 보시랴 고생 많으시네요."

강혜원이 입 끝을 당겨 웃으며 말했다.

"저희 집 육아는 애 아빠가 많이 맡아서 괜찮아요."

"하긴 이 정도 호텔에 오래 계시려면 남편이 많이 도와줘야죠. 그래도 여자라 오래는 못 갈 테니까 남편분이 더 많이 벌어야지."

강혜원이 갑자기 말이 없어졌다. 분위기가 알아채기 힘들 정도로 살짝 가라앉았는데 오균성이 소리 내 웃었다.

홍지영은 눈 둘 곳을 찾지 못했다. 오균성의 웃음은 어색해진 상황을 무마하려는 듯 거칠고 불규칙적으로 흘러나왔다. 걸러지지 못한 낱말들은 위계가 확실한 오균성의 세상을 드러냈다. 오균성은 예의 천연덕스러운 말투로 세상이 다 그런 것 아니냐며 홍지영에게 동조를 구했다.

홍지영은 그것이 잘못되었다는 확고한 생각을 갖고 있었지만 그 점을 잘못된 거라 짚어 주는 사람이 자신이 될 수는 없었다. 버릇없고 오만하다는 말이 돌아올 게 분명하니까. 오균성은 300대 1의 경쟁률을 뚫고 들어간 대기업에 얽힌 인연이었다. 그 사실만이 지금 홍지영이 취해야 할 행동의 준거였다.

오균성이 가장으로서 자신의 역할과 지위를 자랑 삼아 말하곤 했다는 점도 홍지영을 가로막았다. 그는 스스로를 육아깨나 돕는 남편으로 정의했다. 휴가 때는 짧게라도 아이들을 데리고 여행을 갔고 퇴근 후와 주말에는 아이들을 위해 일부러 시간을 비웠다. 아이들과 더 잘 놀아 주려면 아빠에게도 에너지가 필요하다고, 홍지영에게 말하곤 했다. 그런 그에게 당신의 사고방식은 구시대적이라고 지적할 수는 없는 일 아닌가.

"돕는 게 아니라, 하는 거죠. 자기 일을."

하하, 그렇죠. 오균성이 일부러 크게 웃어 홍지영이 민망할 정도였다.

"아니 뭐 그렇죠. 여자든 남자든 더 여유 있는 사람이 하면 되니까요. 호텔은 여자들이 위로 진출도 많이 하고 그렇지 않습니까? 업계 상황상."

"태형은 아닌가 보네요."

"에이. 에너지 기업은 여자들 위주가 아니죠."

강혜원의 시선이 빠르게 홍지영 쪽에 왔다 가는 걸 홍지영은 분명히 느꼈다. 오균성의 목소리는 톤이 높았고 문장은 가벼웠다. 입을 타고 흘러나온 말의 입자들이 공중에서 밀도 없이 흩어졌다.

"홍 대리는 말이 좀 먹히는 편이에요. 요즘 애들은 말이 너무 많거든. 계산기 딱 두드려서 노조 따위 안 들어가요. 규정에 정해진 성별 비율이 있는데 여자가 너무 없다고들 해서 제가 홍 대리를 거기 넣어 줬죠."

예상하지 못한 전개에 홍지영의 얼굴이 어리둥절해지자 오균성이 말을 덧붙였다.

"그냥 조용히 있다가 나오면 된다고 잘할 거라고 말했죠."

그는 진심이었다. 홍지영은 물끄러미 제 사수를 바라보다가 시선을 옮겼다. 손도 대지 않은 모나카 안에서 녹차 아이스크림이 흘러나오고 있었다. 입맛이 뚝 떨어져 손이 가지 않았다. 그의 상냥한 말투마저 홍지영의 신경을 무심코 건드렸는데 티 내서 좋을 건 없었다.


총무과의 입사 동기에게 연락이 온 건 홍지영이 화장실에 가려고 나와 잠시 혼자 있을 때였다. 홍지영의 동기는 오균성이 인터스 한 기획사만 줄곧 채택했던 흔적을 찾았다는 말을 덤덤하게 전했는데, 홍지영은 그 순간 오균성에게 인터스를 소개시켜 주었던 사람이 오균성의 사수였던 것을 기억해 냈다. 그러면 오균성의 사수부터 시작해 적어도 15년이 넘는 시간 동안, 그러니까 인터스가 업계 1위가 될 때까지 인터스는 태형그룹과 일을 해 왔다는 말이었다. 십수 년 동안 한 곳과 일을 했다는 사실은 업무적 동지로서 두 업체 간의 완벽한 호흡을 대변하는 말이었다. 한편으로 한 곳과만 일을 했다는 건 편향될 수 있다는 뜻, 한 곳에 지나친 이익을 주어 왔다는 뜻, 경쟁해 온 다른 업체들에게 누가 될 수 있다는 뜻이었다.

생각해 보면 거의 모든 일들이 이런 식으로 돌아갔다. 이렇게도, 저렇게도 해석될 수 있는 일들이 기준을 흐리게 만들었다. 영민한 사람들일수록 자신에게 유리하게 상황을 해석하는 능력이 잘 발달되어 있었다. 홍지영은 세상살이에 정확한 기준을 세우는 것 자체가 불가능하다는 걸 깨달아 가고 있었다. 그것이 차이를, 대립을, 갈등을 만드는 거였다. 그럼 홍지영 스스로의 원칙은 어떻게 세울 건가? 순간마다 옳다고 믿는 가치를 따라가는 것 말고 지금으로서 달리 방법도 없었다.

곧이어 도착한 홍대성의 문자를 보고 홍지영의 마음은 더 단단해졌다. 홍지영이 보낸 예산 내역서는 아무런 문제가 없었다. 다만 우연히 인터스 홈페이지에 비상임 고문으로 올라온 오균성의 이름을 찾았다고 했다.

— 이 상황이 네가 보기에도 불합리해?

홍대성의 문자는 기다릴 새도 없이 왔다.

— 아무래도. 오균성이 어떻게든 이득을 봤을 수 있다는 건데.

명쾌하지 않았던 많은 것이 한꺼번에 또렷해졌고 곧 머리가 맑아졌다.

자리로 돌아왔을 때 오균성이 냅킨을 접어 식탁에 올리며 밖에서 일이 남았다는 말을 전했다.

"홍 대리는 회사에 들어가서 할 일이 있잖아. 응?"

오균성의 눈가가 살짝 올라가 있었다. 회사로 들어가라는 신호였다.

"호텔을 좀 둘러보고 복귀하겠습니다."

전에 없이 당당한 말투여서 홍지영 스스로가 놀랐다.

"아, 그래. 홍 대리는 한 번도 호텔 와 본 적 없지?"

호텔을 와 봤든, 호텔을 와 보지 않았든, 그게 저런 식으로 비꼬듯 할 말인가. 오균성이 얄미워서 홍지영은 엘리베이터를 타고 나가 그가 택시를 잡아타는 순간까지 말없이 고개를 숙이고 있었다.

강혜원은 오균성이 탄 택시가 눈앞에서 사라지는 순간까지 친절과 다정을 잊지 않았다.

오균성을 보내고 돌아서며 홍지영은 강혜원에게 지하의 그랜드 볼룸을 볼 수 있을지 물었다. 오균성의 말대로 살면서 여지껏 한 번도 호텔 연회장을 가 볼 기회가 없었거니와 연회장의 크기와 생김을 미리 확인해 나쁠 일은 없었다.

"오늘은 연회가 없는 날이라서 연회장 자체의 출입은 곤란한데요. 지금은 들어가 봐야 별것도 없고요."

"괜찮아요. 어떤 곳인지만 좀 보고 싶어요. 빈 곳이라도 좋고요."

강혜원은 식당을 소개할 때와는 사뭇 다르게 건조한 목소리로 연회장 방문을 거절했다. 홍지영은 강혜원을 채근하지도 말을 덧붙이지도 않았다. 그저 입을 다물고 단단한 눈빛으로 강혜원을 바라보기만 했다. 몇 초간 이어진 고집스러운 침묵이 홍지영의 답을 대신했는지 강혜원이 앞장서 걸으며 말했다.

"앞문이 닫혀 있으니 비상계단을 통해 내려가시죠."

강혜원은 '스텝 온리'라고 적힌 플라스틱 팻말이 붙은 철문 앞에 섰다. 강혜원은 홍지영 쪽을 힐끗 돌아보더니 손목을 돌려 힘을 주며 문을 열었다. '훅' 소리가 나며 열리는 문 안쪽으로 홍지영의 눈에 들어오는 건 오직 깊고 검은 어둠뿐이었다. 강혜원이 안으로 불쑥 들어서자 센서가 작동하듯 주황색 불이 가까운 곳부터 순서대로 켜졌다.

들어오세요.

동굴 안에 들어간 것처럼 강혜원의 목소리가 허공에 울렸는데, 덕분에 홍지영은 마치 지하에 숨은 다른 세계로 들어가는 느낌이었다. 조심해요. 홍지영은 운동화를 쭉 내밀어 발을 디뎠다. 그러곤 방금 켜진 불이 닿은 콘크리트 바닥을 앞발로 눌러 내며 몸을 앞쪽으로 기울였다. 강혜원의 구두 굽과 홍지영의 운동화 밑창이 내는 날카롭고 뭉툭한 소리가 사이좋게 리듬을 맞추며 계단 위를 굴렀다. 계단 중간쯤 내려갔을 때 발견한 것은 반투명 문과 문을 통해 계단 쪽으로 부드럽게 흘러드는 굴절된 빛이었다.

"저 끝에 환한 불빛은 뭔가요?"

"백 오피스예요."

오피스라면 모를까 백 오피스는 낯설었다. 강혜원은 백 오피스가 프런트 오피스의 후방 업무를 해 주는 것이라고 설명했다. 호텔의 얼굴인 프런트 오피스 뒤에서, 은밀하고 조직적으로 호텔의 거의 모든 업무를 보좌하는 곳이라는 거였다. 호텔 예산, 클라이언트, 행사 관리와 진행 준비, 객실 스케줄과 고객 관리 같은 것들이 모두 저곳에서 이루어진다는 강혜원의 말을 들으며, 홍지영은 불빛에 모인 사람들의 그림자가 바쁘게 겹쳐 지나는 것을 지켜보았다. 구태여 그 안을 들여다보지 않아도 어떤 일이 벌어지고 있는지 알 것 같았다.

일터뿐일까. 무언가 유지하는 데는 그것을 아끼는 어떤 이들의 마음과 그것을 받쳐 줄 희생이 수반된다. 가정의 화목함은 누군가의 배려와 이해와 희생이 후방에서 울타리를 치고 받들어 주지 않는다면 불가능하다. 불투명하게 가로막힌 문에서 시선을 거두지 못한 채 홍지영의 머릿속은 아득해졌다.

과정 없이 결과가 존재하지는 않지만, 모든 과정이 결과로 나타나지는 않는다. 각자가 저마다의 인생에 주어진 길을 건는 동안 우연히 일어난 스파크가 새로운 과정을 만드는 법이 니까.

어릴 때 홍지영은 자신이 지구에 떠다니는 먼지 같다고 생각하곤 했다. 사회에 편입되기 위해 교육을 받고 회사에서 일을 하고 늙어 가다 결국 죽는 이 거대한 연극이 한없이 유치하게 느껴졌다. 그것 좀 하자고 일을 하며 청춘을 바치는 꼴이라니. 그런데 언제부턴가는 그런 생각조차 들지 않았다. 청춘, 꿈, 열정 따위는 애초에 인생에 없었던 단어처럼 멀어졌다.

눈앞에 주어진 보고서와 납부해야 하는 공과금이 늘면서부터, 학점과 취업, 인사고과 같은 것들이 소소하고 끈질기게 자신을 붙들고 부지런한 사회의 일원이 되기를 강요하면서부터 삶은 한 번도 유치해진 적이 없었다. 대기업에 입사해 부모님이 자식의 이력을 적당히 자랑할 수 있었을 때부터 홍지영은 사회에서 인정받는 사람이 된 것 같았고, 유치하다고 여겼던 것들을 최선을 다해 해내고 있었다. 일상은 유치하지 않았다.

홍지영이 생각에 잠겨 있는 동안 강혜원이 왼쪽으로 틀더니 가로로 된 철문 손잡이를 잡았다.

"그랜드 볼룸에 들어갈 때 백 오피스 직원들이 쓰는 문이에요."

홍지영은 저도 모르게 마른침을 삼켰다. 강혜원이 기다리라는 듯 손바닥으로 홍지영의 움직임을 저지하고 안쪽으로 들어가더니, 이내 문 안쪽으로 한 열의 전등이 깜빡이며 켜지기 시작했다. 들어오라는 강혜원의 말과 함께 홍지영은 고개를 들어 그랜드 볼룸을 바라봤다. 거대한 동굴처럼, 연회 홀 안쪽은 깊은 어둠이 소리와 움직임을 내밀하게 끌어안고 있었다. 홍지영은 빛을 따라 천천히 걸어 나갔다. 강혜원이 조도를 높였는지, 조금 더 밝아진 전등의 불빛이 카펫을 비추었다. 머릿속에 자연스럽게 차오른 것은 얼마 전에 본 연회 시뮬레이션이었다.

"혹시 말이에요. 이 행사장에 숲과 시냇물을 구현할 수 있을까요?"

강혜원은 생각 많은 얼굴로 잠시 머뭇거리며 서 있더니 간결하게 답했다.

"못 할 건 없습니다. 어떤 식으로 구현하느냐가 문제죠."

이어지는 강혜원의 건조한 미소를 보며 홍지영은 그 관심 없는 듯 무심한 표정, 얻을 것이 없는 듯 행동하는 것, 그게 바로 강혜원이 오랫동안 쌓아 온 노하우가 아닐까 하는 생각을 했다. 강혜원은 백 오피스에서 이 모습을 보면 고객을 제대로 대접하지 않는다고 판단할 수 있다는 말을 남기며 홍지영에게 그랜드 볼룸을 두어 번 더 둘러볼 시간만을 허락했다. 홍지영은 강혜원이 안내하는 블랙 홀로 다시 들어가며 말했다.

"잘 얻어먹었으니까, 다음번에는 제가 요 앞 전골 식당에서 식사 대접할게요. 오늘 먹은 거랑 같은 가격대라면 불가능하겠지만요."

"별거 아닌데요."

"저한테는 별거라서요."

강혜원은 웃으며 알겠다고 말했지만 그게 홍지영의 진심이라는 건 끝내 모르는 것 같았다.


홍지영은 생각 많은 얼굴로 호텔 언덕을 넘어 지하철 입구까지 걸었다. 도심이지만 평일 오후라 생각보다 한산했고 출퇴근 시간처럼 뛰어다니는 사람도 없었다. 홍지영은 기계적으로 지하철에 올라 창문에 비친 자신의 얼굴을 한참이나 들여다봤다. 오균성을 떠올리고 있다는 것을 알아챈 건 다음 역에 지하철이 정차했을 때였다.

그래도 말이야, 어떻게 들어온 대기업인데.

유치해지지 않는 현실은 늘 냉혹하고 가차 없었다. 취직을 준비하던 시절의 막막함과 미래에 대한 두려움, 인턴과 사원 시절의 간절함. 길게 잡아 100년 후면 결국 아무것도 아닌 먼지가 되어 버린다고 해도, 정말 내가 어떻게 여기까지 왔는데.

깜깜한 지하 통로 속에서 어둠을 그으며 지하철은 다시 앞으로 나아갔다. 하루를 살면 하루가 더, 이틀을 살면 이틀이 더, 유치해질 리 없었다. 선배들의 말처럼 착착 쌓이는 연차와 연말 수당과 성과 연봉은 삶을 더 이상 유치하게 만들 리 없었다.

회사 안에서는 회사 좋은 줄 모르는 법이다. 잘 붙들고 있어라. 너 이름값이라는 게 얼마나 큰 건지 아직 실감 못 할 거다.

오균성의 말은 진짜처럼 들렸다.

왜 회사를 다니고 싶어 했었는지, 홍지영은 떠올려 보려고 애를 써야 했다. 그 애씀은 자신이 놀랄 만큼 맹목적으로 회사를 다니고 있다는 걸 반증했다. 오균성은 내 사수가 아닌가. 같은 팀 동료가 아닌가. 호텔 지배인과 일하는 법을 알려 주지 않았는가.

본능은 힘이 세서, 홍지영은 자신이 왜 회사를 다니고 싶어 했는지를 떠올리는 게 자신의 숨겨 놓은 본능과 싸우는 일이라는 걸 마침내 깨달았다. 오균성에게 밉보여 좋을 일은 없다는 당연한 이치가 번뜩 떠올랐다가도, 다시 본능적으로 자신이 어떤 성향의 사람이었는지 상기하게 되었고, 그다음에는 다시 기업마다 시험을 보러 다니던 취업 준비생 시절의 자신이 떠올랐다.

원래의 나는 어떤 사람이었는지 물었을 때 홍지영의 머릿속에 튀어나온 건 취업 스터디에서 만난 선배를 몰아세웠던 기억이다. 지금은 이름도 기억나지 않는 그 선배가 중소기업에 취직했다는 홍지영의 친구이자 동기에게 "대기업은 꿈도 못 꿀 줄 알았다."고 말했을 때, 홍지영은 선배를 세워 두고 말했다.

선배, 그따위로 말하지 말죠. 세상 혼자 사는 거 아닌데 예의도 좀 지키고.

그 사람이 대기업에 들어갔을 때도 홍지영은 거기에선 예의 좀 지키며 살라는 말로 축하 인사를 대신했다.

홍지영의 정의감이 남달랐던 건 아니었다. 그냥 그에게 그것이 함께 살아가는 방식이라고 알려 주고 싶었던 것뿐이었다.

망할. 그때는 그랬었다. 누군가 무시당하는 꼴은 못 보던 시절이 홍지영에게도 있었다.

지하 통로를 막 빠져나와 마주한 하늘은 눈이 부실 정도로 파랬다. 갑자기 철새 떼가 날아들어 시야를 가렸다가 다시 파란 하늘이 펼쳐졌다. 바다, 하늘, 영원한 것들의 색은 파랑이었다. 잠시 가려졌다고 푸른 하늘이 검어지지는 않았다.

홍지영은 지하철에서 내릴 즈음에 감사실에 전화를 걸었다. 통화음이 울릴 때 눈 둘 곳을 찾다 넷째손가락에 붙여 두었던 밴드가 벗겨졌다는 사실을 깨달았다. 홍대성이 예고도 없이 집에 왔던 날 종이에 베여 생긴 상처였는데, 피부 표피가 곪아 하얗게 올라와 있었다. 홍지영은 부푼 상처에 솟아난 피부조직을 바라보며 오균성에 대한 징계위 회부를 제안했다. 담당자는 아무 말 없이 이야기를 끝까지 들었고 곧 법무 팀과 사실관계를 파악할 것이며 필요할 때 증인이 되어 줄 수 있느냐고 물었다. 홍지영은 알겠다고 답했다.

통화를 마치고 고개를 들었을 때 주변에는 아무도 없었고 다만 홍지영을 둘러싼 공기의 온도가 차갑게 식어 있었다. 다 늦은 겨울바람이 거칠게 몰려오는 것 같았고 홍지영은 서둘러 출구로 가는 계단에 올라섰다.

스파크, 어쩌면 이것은 홍지영에게 새로운 종류의 스파크일지도 몰랐다.

잘리려고 발악을 한다는 홍대성의 말에 인생 긴데 좀 망해 보면 어떠냐고 말하던 호기로운 자신감은 얼마 안 가 무너졌다. 감사 팀은 비밀보장을 약속했으나 회사에서 비밀이 제대로 보장될 리 없었고 동생의 말처럼 낙인찍히는 것은 한순간이었다. 잘못은 아니었으나 앞뒤 상황을 충분히 고려하지 않은 미욱한 결정이었다. 그렇다고 이미 뱉은 말을 주워 담을 수는 없었으니 홍지영에게 남은 것은 합리화였다. 왜 하필 지금, 왜 하필 이런 식으로. 수천 개쯤 되는 시나리오가 홍지영의 머릿속을 헤집었으나 그중에 정갈하게 다듬어진 스토리는 없었다. 잘 닦인 낡은 계단을 지나쳐 중간 계단의 창문을 통해 시린 바람이 역내로 들어왔다. 복잡한 마음으로 홍지영은 머리를 긁적이다 창문 앞에 서서 멍하니 바깥 풍경을 바라봤다. 막막하게 들려오는 도시의 소음, 눈앞에 펼쳐진 탁하고 뿌연 하늘.

천천히, 서아야 천천히.

고개를 돌렸을 때 보인 것은 넓은 중간 계단을 오르는 엄마와 아이였다. 엄마 무릎을 겨우 넘긴 키, 짙은 갈색 비니 모자, 흰색 플리스에 베이지색 후드티를 받쳐 입고 작은 걸음을 한 계단 위로 올리는 서너 살쯤 되어 보이는 여자아이. 천천히. 엄마가 잡고 있잖아. 한 걸음을 걷는 데 도대체 얼마의 시간이 필요한지. 아이가 발을 뻗어 계단을 딛고 힘을 내 올라섰을 때, 그러니까 그 장면이 어떻게 홍지영의 안으로 훅, 단기운을 끼치며 들어왔는지 모르지만, 홍지영은 그걸 보며 작게 웃었다. 엄마는 아이가 오르는 모습을 지켜보기 위해 아이의 뒤쪽으로 가서 섰다.

홍지영의 마음이 아주 조금, 보이지 않을 만큼 미세하게 움직였다. 내가 진심이라면 분명히 잡아 주는 사람이 있을 거라는, 잡아 주지 않아도 지켜보고 있을 거라는, 그러니까 저 아이가 언젠가는 혼자서 저 계단을 오를 수 있을 거라는, 그런 모호한 기대와 희망이 색을 띠고 분명한 물성으로 다가오는 느낌이었다.

홍지영과 오균성의 관계는 오랫동안 순조로웠다. 속이 곪아 터질 때까지 홍지영이 참고 또 참았기 때문이다. 홍지영에게는 미래를 위해 지금은 참아야 한다는 생각이 늘 조건처럼 달려 있었다. 이런 식이라면 앞으로도 미래를 담보로 현재를 살아야 하는 거 아닌가. 한 천 개쯤 존재하는 시나리오 중 하나를 위해서. 마치 프런트 오피스를 위해서만 백 오피스가 존재하는 것처럼.

강혜원을 따라 백 오피스에 갔을 때 홍지영이 알게 된 것은 백 오피스에 있는 사람들은 그저 앞에 주어진 자신의 일을 한다는 것이었다. 그들은 세일즈를 하고 회계를 하고 행사를 디자인한다. 백 오피스는 프런트 오피스를 위해 일하는 게 아니다. 백 오피스는 자신이 해야 하는 일을 할 뿐이다. 홍지영 역시 그냥 지금 할 수 있는 일을 한 것뿐이었다. 오균성이 미워서라든지 회사를 위해서라든지 하는 게 아니고, 그냥 자신 앞에 놓여 있던 문제를 자신의 방식으로 해결했을 뿐이었다. 문제는 해결해야 하고, 곪아 있는 건 터뜨려 줘야 한다. 홍지영은 엄지손톱으로 넷째손가락의 곪은 상처를 꾹 눌러 터뜨렸고, 그러자 놀랍게도 걸음이 한껏 가벼워졌다. 그러곤 지금 자신의 마음이 어떻게든 아주 조금 방향을 틀었다는 사실을 누구에게라도 들킬까 일부러 천천히 작은 보폭으로, 혼

자서 계단을 오르는 아이와 그 뒤를 지켜보는 아이의 엄마를
지나쳐 앞으로 나아갔다.

3장

무겁게 내려앉은 적막을 깨고 전화벨이 울린 건 백 대표와 알렉스가 점심을 먹으러 나간 직후였다. 임강이는 의자 깊숙이 몸을 파묻고 고개를 들어 올린 채 천장을 바라보는 중이었다. 고장 난 에어컨에서 새어 나온 물이 두 갈래 줄기를 이루며 퍼져 나가고 있었다. 폭이 좁은 한쪽은 두어 개월 만에 말랐지만 다른 쪽은 제법 선명한 색을 띤 채 천장 가운데를 향하고 있었다. 누수가 시작된 천장 모서리에는 작고 촘촘한 노란 곰팡이 무리가 거품처럼 일었다. 작년 내내 돈이 궁하더니 올여름에도 저 에어컨을 손보는 일은 없겠구나, 생각하던 바로 그때, 사치스러운 걱정은 멈추라는 듯 고요를 깨뜨리며 전화벨이 울렸다.

"안녕하십니까, 아티스틱 임강이입니다."

상대편 목소리가 작아서 잘 들리지 않아 '여보세요'를 작게 한 번 더 한 후에 임강이는 천장을 한 번 더 흘낏 바라봤다.

"태형에너지그룹 전략기획실입니다."

온몸에 급속 전류가 흐르듯 피가 빠르게 돌았다.

"어디시라고요?"

꿀꺽. 침 삼키는 소리가 그쪽에 들릴 정도로 컸다. 대체 왜, 태형에서 전화를 걸어왔을까. 누구라는 말도 없이 전화를 건 사람은 '결과를 보셨을지 모르겠어요'라는 말로 인사를 대신했다. 그 목소리는 빠르게 임강이를 심사 당일로 데려다 놓았다. 단발머리, 안경, 검은 재킷, 청색 운동화, 단어마다 힘을 주며 또박또박 말하는 버릇. 상대를 경계하면서도 스스럼없이 걸어와 명함을 내밀던 여자. 이름을 기억해 내고 싶었는데 기억은 자꾸만 멀어졌다 가까워졌다를 반복했다. 임강이의 손이 책상 앞에 있는 명함 케이스 뚜껑을 더듬는 동안 여자가 이어 말했다.

"저희 행사 기획사가 인터스로 공지가 나갔지만 사정이 있어 선정이 취소되었습니다. 그 자리를 대신할 업체로 아티스틱이 선정되었어요."

임강이는 말뜻을 단번에 이해하지 못했다. 수화기 너머 상대가 '여보세요'를 두어 번 말했다.

"왜요?"

임강이의 목소리가 가늘게 떨렸다. 눈앞에 놓인 연필이나 보드 마커, 컴퓨터 화면 같은 것들이 아득해졌고, 그러고 나서 곧 가슴이 뛰었다. 하고 많은 말을 두고 '왜요'라니, 이렇게 멍청할 데가. 허리를 곧추세우고 '아, 그러니까' 말하며 운을 떼었을 때는 이미 상대편 목소리가 겹쳐 들려오고 있었다.

"결론 내기까지 쉽지 않았는데. 기쁘지 않으신가 보네요?"

조금 날카롭고 어쩌면 거만한 목소리가 기분에 희석되어 별 뜻 없는 문장으로 다가왔다. 아무러면 어떤가.

"기쁩니다. 정말이에요."

뒤섞인 명함들 사이에서 태형의 로고가 새겨진 명함을 낚아 올리며 임강이가 소리를 높여 말했다.

"감사합니다. 홍지영 대리님. 맞으시죠?"

상대편 수화기에서 '저한테 감사할 필요는 없다'고 대답하는 목소리가 들렸을 때 임강이는 벌떡 일어났다.

"열심히 하겠습니다. 진짜 열심히 할게요."

임강이는 전화를 끊고 백 대표와 알렉스에게 메시지를 보냈다. 분식집에서 김밥과 떡볶이를 먹다 말고 둘은 당장 돌아오겠다고 했다. 뭐 먹고 싶은 거 없니. 다 사 줄게. 너 좋아하는 초밥 사 갈까? 백 대표의 말에 어쩐지 마음 한쪽은 몽글거리고 다른 한쪽은 착 소리를 내며 가라앉았다.

임강이가 행사 기획 일을 시작한 건 대학을 졸업한 직후였
다. 한 회에 수억씩 배당된 국제회의에서는 유명한 정치인, 저
자, 교수들을 쉽게 만날 수 있었다. 아르바이트생이던 임강이
는 행사 참가자들의 동선을 파악해 안내하는 간단한 일을 하
다가, 경력이 쌓이면서 주요 인물들의 의전을 따로 챙기는 일
을 도맡았다. 유명한 사람들은 대부분 유머러스하고 자신감
넘치는 데다 여유로웠다. 그들을 만나고 나면 어쩐지 스스로
도 대단한 사람이 되는 것 같았다.

임강이는 마이스업계에 입사 원서를 내기 시작했고, 일을
시작했던 기획사에서 계약직으로 몇 개월 더 일하다가 곧 백
대표에게 발탁되어 아티스틱에 들어갔다. 처음에는 일할 수
있다는 사실만으로도 행복했다. 겨우 몇 개월이 흐른 후 현실
을 직시하고, 이 정도 월급으로는 곰팡이 낀 빌라 방을 빠른
시일 내에 벗어날 방법이 거의 없다는 걸 알게 되었음에도.

파트타임으로 의전 동선을 외우는 것과 행사를 관리하는
차원에서 참가자들과 직접 부딪히는 것은 결이 다른 문제였
다. 참석하는 사람들도 결국 자기 생활이 우선인 사람들이어
서, 기획사에서 제안한 객실을 거부하거나 항공 일정을 자기
스케줄에 과도하게 맞추거나 자기 스타일의 업무 방식을 고집
하는 경우도 많았다. 어쨌든 항공권과 가이드라인, 인보이스
를 주고받고 행사장 인테리어와 각종 홍보물 시안을 짜 내는

동안 임강이는 월 160만 원을 받는 일치고는 할 일이 너무 많다는 잡념에서 벗어날 수 있었다.

마이스는 돈을 잘 버는 직종은 아니지만 돈을 잘 쓰는 직종이기는 했다. 임강이는 특히 이 점이 마음에 들었다. 1000만 원씩 하는 비즈니스 항공 좌석을 열 번씩 끊을 때면 1000만 원이 휴지 조각처럼 느껴질 때도 있었다.

알렉스는 임강이가 아티스틱의 두 번째 국제회의를 준비하는 동안 합류했다. 어느 가을날 알렉스는 흰색 티셔츠와 청바지 위에 기다랗고 구멍이 숭숭 뚫린 하늘색 긴 카디건을 걸쳐 입은 차림으로 아티스틱을 찾아왔다.

백 대표가 올 때까지 기다리겠다던 알렉스는 사무실 인테리어에 관심이 많았다. 그는 천장 쪽으로, 벽으로, 책상 쪽으로 격렬하게 고개를 꺾어 가며 사무실 구석구석을 살피다가 임강이의 책상 맞은편 벽에서 한참 동안 시선을 멈추었다. 임강이는 그런 알렉스의 등을 가만히 바라보다 말했다.

"저기요, 옷 꿰매셔야겠어요. 등 쪽에 구멍 났어요."

알렉스가 등 쪽으로 고개를 돌려 물끄러미 제 어깨를 바라보더니, 무언가 생각났다는 듯 소리를 내며 크게 웃었다. 임강이가 그 모습을 탐탁지 않게 바라보고 있자 알렉스가 천천히 웃음을 멈춘 후에 (끝까지 하하, 하하 하면서 눈물 날듯 웃어 대다) 말했다.

"이거, 디자인이에요. 이게 얼마짜린 줄 알아요?"

민망한 순간을 모면하는 방법에는 '굴욕적인 인정'과 '유머를 빙자한 조롱' 두 가지가 있다고 믿는 임강이가 이번에 선택한 방법은 후자였다.

"구멍 내서 파는 비싼 옷을 살 정도로 돈이 많은가 보죠?"

"평소에 패션 센스 있다는 말 들어 본 적 없죠?"

조롱은 상대가 조롱으로 응할 수도 있다는 치명적인 단점이 있다.

"우기면 센스인가?"

그때 마침 사무실 문이 활짝 열리더니 백 대표가 희망과 결의에 가득 찬 얼굴로 두 사람을 반겼다.

"마침 같이 있었구나. 잘됐네, 인사해. 앞으로 함께 일할 알렉스, 이쪽은 임강이."

그날 벌어진 가장 큰 싸움의 소재는 알렉스 카디건 등에 난 구멍이 아니라 행사장 설계안과 예산안이었다. 백 대표는 외국계 중소기업 화장품 신상품 홍보 대회 소식을 전하며 알렉스와 임강이에게 아이디어를 내 보라고 주문했다. 학교 다닐 때 연극 동아리를 해 본 덕에 공간 구현 능력이라면 자신 있던 알렉스는 무대와 행사장 분위기에 예술적인 색채를 가미하면 어떻겠냐고 말했다.

"예술적인 게 뭔데요?"

임강이가 목소리를 높이자 알렉스가 임강이 쪽으로 고개를 획 돌렸다.

"언제까지 컨벤션 홀에 전국노래자랑 무대만 세울 겁니까?"

"전국노래자랑 무시해요? 그 정도 무대가 얼마나 돈이 많이 드는 무대인 줄 알아요?"

"기획사들이 이러니까 컨벤션에 발전이 없는 겁니다. 예산이 아니라 퀄리티를 봐야죠."

"인건비는 그쪽이 책임지시나 봐요?"

알렉스가 씩씩거리자 결국 둘의 이야기를 듣고만 있던 백 대표가 나섰다.

"얘들아, 그래 적당히 하자. 점심 먹을래? 뭐 먹을래? 짜장면 어때? 아니면 나가서 스시 먹을까?"

기다렸다는 듯 알렉스는 짜장면을, 임강이는 스시를 골랐다. 백 대표가 둘의 눈치를 보면서 말했다.

"너희들 좋은 걸로, 아무거나. 아무거나 난 좋다."

"짜장면 드시죠."

임강이가 말하자 알렉스도 양보했다.

"스시 드시고, 무대는 좀 예술적으로 가시죠."

"아니 그러니까, 예술적인 게 뭐냐고요."

둘은 서로에게서 눈을 거두지 않고, 밥을 잊은 채 다시 전국노래자랑 무대로 관심을 돌렸다. 백 대표가 혼자 일어나 밥

을 먹으러 갔다 왔을 때도 둘은 그 얘기 중이었다. 그 후로
도 둘은 여러 번 충돌했고, 어느 날인가 임강이는 일부러 알
렉스의 의견과 정반대의 것을 골라 보았으며, 그다음에 알렉
스가 임강이의 의견과 정반대의 것을 고르자 같이 일하던 사
람들은 이제 둘이 알아서 하라는 듯 입을 다물고 고개를 가
로저었다. 그런데 그 방법이 효과가 있었다. 둘의 의견이 충돌
하는 지점을 보완하면 신기하게 다음 단계의 아이디어가 떠
올랐다. 그렇게 몇 번의 충돌 끝에 임강이는 알렉스의 영입을
기꺼이 찬성했다.

문득 그때 생각이 나서 임강이는 씩 웃었다.

그렇게 서로 싸워 가며, 익숙한 행사의 포맷에 조금씩 새롭
고 낯선 것들을 붙여 가며, 그것이 예술이든 말든 상관없이,
그렇게 임강이는 알렉스와 함께 일하며 여기까지 왔다.

─ 이제 진짜 전국노래자랑 가지고 안 놀리는 거다.


알렉스에게 문자를 보낸 후에 임강이는 시원하게 기지개를
켜 올렸다. 죽어 가는 회사를 회생시킬 아이디어가 자신의 손
끝에서 탄생했다는 사실이, 그게 말도 안 되게 실감이 난다
는 사실이 생물처럼 마음을 간지럽히며 요란하게 소리를 냈
다. 다만 욕심내지 않고 적당한 선에서 무대를 끊고, 반드시
아티스틱을 유지하기 위한 예산을 확보해야 한다고 임강이는

누수된 천장을 올려다보며 생각했다. 잘해 보자.

갑자기 사무실 문이 열리며 알렉스가 들어온 건 임강이가 천장 쪽을 보고 발그레 미소를 짓고 있을 때였다.

"내가 방금 문자 보냈는데."

알렉스의 콧구멍에서는 씩씩 바람이 나오는 중이었다. 좀처럼 동요하지 않는 알렉스의 날카로워진 신경을 대변하듯 쩽하는 목소리가 임강이의 귓속을 찌르며 파고들었다.

"인터스 송라희 상무가 업체 다 블록했어. 엔지니어고 통역이고 자재고 다. 세 배 줄 테니 나가지 말라고 했대."

놀람, 당황, 분노의 감정이 마음속에 차례로 분수처럼 치솟았다.

"퀸스턴은? 호텔도 블록했어?"

"거기는 아직인가 본데 어떻게 될지 몰라. 지금 송 상무가 실시간으로 연락을 돌리는 중인가 봐. 구두계약했던 사운드 엔지니어도 다시 리젝했고……"

알렉스는 짧은 한숨을 내쉬며 탁자에 몸을 기댔다. 임강이는 이마에 손을 짚고 섰다. 이 업계에서 규칙이란 없다가도 생기는 거란 걸 익히 알았지만, 그렇다고 하더라도.

불현듯 임강이의 머릿속을 스친 건 송라희와 대화를 나누던 백재현의 뒷모습이었다. 백재현에게 전화를 걸기 위해 휴대폰에 손을 뻗었을 때 임강이는 문자가 도착해 있다는 걸 알았다. 저장되지 않은 번호였지만 잠깐 자신을 만나러 와 줄수 있느냐고 묻는 사람이 송라희라는 걸 어렵지 않게 눈치챌 수 있었다. 송라희와 백재현이라. 임강이는 알렉스를 흘낏보며 일어났다. 바깥은 보는 눈이 많으니 퀸스턴으로 와 달라는 송라희의 말은 충분히 합리적이면서도 묘하게 고압적이었다.

알렉스에게는 잠깐 앞에 찾아온 친구를 만나러 간다고 했는데 알렉스는 일단 문제가 생기면 다시 연락하겠다는 말을 남기고는 제자리로 돌아가며 팔을 올려 머리를 감싸 안았다. 임강이는 재킷과 가방을 챙겨 들고 서둘러 사무실을 나와 복도를 달릴 듯 걸었다. 무언가를 태우는지 복도에는 진한 연기가 자욱했고 멀리서는 커다랗고 신경질적인 경적 소리가 일었다.

*

선 차장은 강혜원의 파티션을 쾅 소리나게 두드리고 팔꿈치를 그 위에 기대며 물었다.

"아주 재밌는 소식이 있어. 알려 줄까?"

선 차장은 가볍게 바깥을 향해 눈짓했다. 강혜원은 못마땅한 표정으로 선 차장이 방금 떨어뜨린 사진들을 파티션 벽에 대고 동전 크기의 자석을 붙였다. 젊은 시절 어머니의 사진, 처음으로 맡은 연회 행사가 끝난 후 동기들과 함께 찍은 사진, 아기 유란의 사진. 선 차장은 이미 뒤돌아 걸어 나가고 있었다. 강혜원은 몸을 일으키며 사무실에 있는 사람들이 이쪽을 흥미롭게 바라보고 있다는 사실을 알아챘다. 수다거리를 찾는 사냥개들처럼. 강혜원은 고개를 최대한 숙이고 걸어 나갔다.

복도 끝 비상구 계단에 서서 사람들이 오가는지 둘러본 후에, 선 차장은 목소리를 낮춰 물었다.

"네가 컨택했던 태형 쪽 사람이 기획실 오균성 과장이야?"

강혜원은 맞다고도 아니라고도 말하지 않았다. 오균성의 이름이 불려 나온 상황이 긍정적인 신호로 느껴지지 않았다. 호기심으로 그득한 선 차장의 표정을 훑으며 강혜원은 대화 뒤에 숨은 맥락을 파악하는 데 분주했다.

"그건 왜 물어?"

강혜원은 자신이 질문하고 선 차장이 답하는 방식으로 대화의 방향을 바꿨다. 그사이에 많은 경우의 수를 고려하고 있었다. 우선 선 차장이 오균성을 어떤 인물로 파악하고 있는지, 오균성에게 생긴 '어떤 일'이 어떤 종류의 것일지, 자신과 호텔에 어떤 영향을 미칠지 강혜원은 충분히 고려해야 했다. 쉽게 특정 사항을 물어보지도 않았고 그렇다고 무엇을 아는 것 같은 제스처를 함부로 취하지도 않았다.

"오균성 이번 행사에서 손 뗀다며."

신경세포 마디마디가 올올이 섰고, 눈가에 뻔힌 당황과 호기심을 선 차장이 알아채지 못했을 리 없었지만, 강혜원은 어째서 오균성이 이번 일에서 손을 떼느냐고 묻지 않았다.

"오균성하고 나는 관련 없어."

강혜원은 최대한 딱 잘라 말했다. 선 차장이 묘한 웃음을 지으며 대답했다.

"그럼 다행이고. 괜한 짓 하지 말고 빠지는 게 좋을 것 같아. 태형이 큰 건인 건 맞는데, 썩은 줄일 수도 있어."

"충고 고마운데, 굳이 안 해도 돼."

강혜원은 표정을 굳혔다. 반갑지 않다는 의미였다. 눈치 빠른 선 차장은 화제를 돌려 유란의 안부를 물었다. 강혜원은 걱정해 줘서 고맙다고, 아이는 며칠 쉰 후부터 어린이집에 다시 잘 나가기 시작했다고 할 수 있는 한 가장 건조한 말투로 답했다. 시시콜콜한 이야기를 조금 더 하긴 했는데, 서로에게 전혀 중요하지 않은 출퇴근길이나 요즘 날씨 같은 것뿐이었다. 호의를 담아 하는 말인 줄 알지만 아무래도 호의로만 받아들여지지는 않았다.

선 차장과 헤어진 강혜원은 백 오피스로 들어가려다 출구를 통해 야외 정원으로 나갔다. 잔 구름이 무리를 지어 하늘을 뒤덮고 있었다. 강혜원은 작은 인조 동산을 천천히 올랐다. 작은 새가 곧게 뻗은 나뭇가지 위에 발을 디뎠다가 하늘로 다시 날아오르는 모습이 보였다. 구두 굽이 흙 속에 푹푹 박혀 뻑뻑하게 빠져나왔다. 점심시간이 끝난 후라 주변에는 사람이 많지 않았고 어디선가 적당히 시원한 바람이 불어 혜원의 머리칼을 흩뜨렸다.

하아. 입술 사이에서 짧은 한숨이 터져 나왔다. 숨이 탁 막혀 길게 내쉬어지지 않았다.

오균성과 인터스에 제공한 룸이 생각났다. 입술을 깨물며 휴대폰을 만지작거리다가, '오균성'의 전화번호를 검색했다. 엄지와 검지로 이마를 가만히 누르고 고민하던 강혜원의 눈앞으로 멀리 박윤수와 선 차장이 지나갔다. 둘이서 무어라 대화를 하는 것 같았는데, 선 차장이 말하고 박윤수가 듣고 있는 걸 보니 태형에 대한 이야기가 분명했다.

저 장면은 낯설지 않다. 강혜원이 이미 여러 번 곱씹었다. 기억 속 저 장소에는 선 차장과 강혜원이 서 있다. 모든 것이 혼란스러운 시기였다.


"나 아이 가졌어."

선 차장은 혜원의 어깨를 부드럽게 토닥거리더니, 한껏 고조된 목소리로 말했다.

"아이는 보물이지."

"총지배인님께는 천천히 말씀드리려고. 나 지금 하는 일도 있고, 당장 인사위원회도 열리고."

선 차장이 강혜원의 말을 잘랐다.

"무슨 소리야. 말씀드려야지. 초기 유산이 얼마나 위험한데. 나랑 같이 총지배인한테 가자."

강혜원은 선 차장의 웃는 얼굴을 바라봤다. 아이가 생겼다는 소식을 들었을 때 밝아지던 호준과 시부모의 얼굴도 각주처럼 따라붙었다.

몇 주 후 승진 인사 장부에는 강혜원 대신 선 차장의 이름이 올라가 있었다. 강혜원이 임신 소식을 회사에 알리지 않았을 때였다. 놀란 강혜원이 총지배인에게 따지러 갔을 때는 이미 선 차장이 세일즈부 부차장으로 내정된 후였다. 선 차장이 지배인실에 들어와 강혜원을 겨우 데리고 나왔을 때, 강혜원은 임신 소식을 알린 게 누구였는지 따져 물었다. 선 차장은 상황이 그렇게 되었을 뿐이라고 답했다. 대의를 생각하라고, 지금 와서 이기적으로 생각하지 말라고. 강혜원은 그때 처음으로 두려움을 느꼈다. 같은 길을 가는 좋은 동료는 언제든 가장 큰 적수로 돌아설 수 있다는 생각을 했다.

나는 정말 이기적인 걸까.

생각을 하다 보면 가장 미안해지는 대상은 사실 남편 정호준이었다. 강혜원은 남편과의 관계가 완전히 파탄 났다고 생각하지는 않았다. 호준 역시 상황이 힘에 부치는 걸 호소하고 있는 거라고 혜원은 믿었다. 매사 꼼꼼하고 신중한 호준이었으니 아무렇게나 그 말을 꺼냈을 리는 없었고 그렇다고 친절하게 자신의 감정을 설명하는 사람은 아니었으니 그 마음이 무엇이냐고 다그쳐서는 일을 그르칠 거라는 걸 모르지 않았다. 그런데 자꾸만 이렇게 호준의 마음을 단정하는 것 역시 이기심이 아닐까 혜원은 의심하지 않을 수 없었다. 호준과 유란이 혜원에게 불만을 드러내지 않고 그대로 자기 자리를 지켜 주기만을 바라는 마음이 이기심이 아니면 뭘까.

선 차장과 박윤수의 뒷모습이 사라지자 또렷해지는 것은 그다음 해야 할 일이었다. 강혜원은 들고 있던 휴대폰의 통화 버튼에 손을 가져갔다. 그 순간 문자 도착을 알리는 진동음이 들렸다. 발신자는 놀랍게도 홍지영이었다. 호텔에 와 있다는 간단한 문자였다. 서둘러 일어서다 읽지 않은 문자들도 발견했다.

그중에는 한참 전에 도착한 어린이집 선생님의 문자도 있었다. 유란이한테 미열이 좀 있는데 호준과 연락이 안 된다는 문자, 병원에 가는 중이라는 문자, 호준과 연락이 되었다는 문자였다. 죄송하다고, 지금 가 봐야 하느냐고 묻는 전화에 어린이집 선생님은 호준이 방금 아이를 데려갔다는 말을 전했다. 죄송하다는 말을 수없이 하면서 강혜원은 한 번도 호준에게 미안하다는 말을 해 본 적이 없다는 사실을 생각해 냈다.

고맙다, 미안하다.

손님들 앞에서는 잘만 나오는 이런 말이 어째서 그에게는 쉽게 나오지 않았던 걸까. 전화를 걸었지만 호준은 받지 않았고 강혜원은 동산을 천천히 내려가 로비로 들어갔다. 내려가는 동안 정의할 수 없는 이기심에 대해 생각했다.

카페의 통유리창 안쪽으로 환한 빛이 들어오고 있었다. 유리벽에 맞닿은 자리에 앉아 홍지영은 책을 읽는 중이었다. 카페 안쪽으로 들어가며 강혜원은 리셉션에 있던 지배인 선배에게 허브차 두 잔을 부탁했다. 독서에 몰두하고 있던 홍지영은 강혜원이 자리에 앉을 때에야 고개를 들었다.

홍지영의 곁에는 에너지 학회에서 출간한 21세기 에너지 보고서와 에너지 혁신 성장 정책에 대한 연구서가 있었다.

"어떻게 여기까지 오셨어요."

강혜원은 아무것도 묻지 않았지만 홍지영의 기분과 위치와 상황을 이미 강박적으로 머릿속에 집어넣고 있었다. 일종의 직업병처럼 누굴 만나든 그랬다.

두어 권의 보고서를 옆에 둔 홍지영이 정작 읽고 있는 책은 소설이었다. 강혜원이 나타났을 때 홍지영은 읽던 책을 그대로 덮어 탁자에 얹었는데, 책 표지에는 와인병과 와인 잔이 어지럽게 굴러다니고 있었다.

"소설 좋아해요?"

홍지영의 물음에 강혜원은 "가끔 읽죠."라며 얼버무리곤 되물었다.

"재밌어요?"

강혜원이 표지를 가리키며 물었다.

『그리고 아무 말도 하지 않았다』라는 이름의 그 소설은 독일의 작가가 쓴 것이라고 했다.

"기이해요. 먹을 것도 입을 것도 없는 전쟁 통에 아이까지 가졌는데, 남편을 사랑하지 않는 것도 아닌데, 여자가 남편에게 헤어지자고 말해요."

아. 소리를 내는 강혜원의 입이 약간 벌어졌다.

"어째서요?"

"결혼이 자신을 구원해 주지 않는다는 걸 아니까?"

결혼과 구원이라. 두 개의 단어가 어찌나 이질적인지 강혜원은 잠시 자신이 결혼을 했고 아이가 있다는 걸 잊을 뻔했다. 강혜원이 그 책을 빤히 바라보자 홍지영이 물었다.

"오 과장님 소식 들으셨어요?"

강혜원은 왼쪽 엄지손톱을 오른 엄지와 검지 사이에 넣고 누르며 고개를 저었다. 객관적인 표정을 유지하려고 근육 움직임에 신경 썼다.

"출근은 하시는데 대기 발령 중이세요. 앞으로 3개월이니까 아마 행사 때까지 일하기는 어려우실 거예요."

강혜원이 홍지영을 바라봤다. 인중을 보면 공격적일 것 같아 턱 근처를 보려고 애썼다.

"지배인님, 오균성 과장님과 얼마나 오래 일하셨죠?"

"글쎄요. 한 8년? 출산휴가 다녀와서 다시 만났으니까, 일한 건 한 4년 정도요."

"오균성 과장님은 어떤 분이셨어요?"

강혜원은 홍지영의 눈을 바라본다. 열정과 소신이 묻어나는 둥글고 크고 맑은 눈.

홍지영이 여기까지 찾아온 것은 강혜원에게는 낭보이거나 비보일 거였다. 오균성을 회사 사람이 아닌 외부 사람을 통해 알고 싶어 한다는 건 회사 내에서 알 수 없는 것을 알고 싶다는 뜻이었다. 강혜원은 더 이상 오균성에 대한 어떤 정보도 노출해서는 안 된다고 생각했다. 열과 성을 다해 오균성에 대해 알고 싶어 하는 그의 동료에게라면 더더욱 그렇다.

"제가 말씀드릴 건 아닌 것 같네요. 전 어디까지나 외부인이니까."

홍지영은 강혜원에게서 시선을 떼어 찻잔 위에 올렸다. 무언가 생각하는 눈치였다. 찻잔 위에 하얗게 피어오르던 수증기가 천천히 옅어졌다. 결심을 마친 듯 홍지영이 고개를 들어 강혜원을 봤다.

"오 과장님 저 때문에 대기 발령 받으신 거예요. 제가 배임죄로 징계위에 고발했거든요."

배임죄라.

'오균성은 생각보다 위험한 사람'이라고 선 차장이 말한 적이 있었다.

육아휴직 서류를 제출하고 자리를 정리하며 강혜원이 부쩍 바쁘던 때였다. 동기에게 경쟁심을 갖지 않았다는 걸 증명해 보이기 위해, 대의를 위해 일한다는 걸 알려 주기 위해, 강혜원은 육아휴직에 들어가기 직전 주요 고객이었던 기업과 정부 기관들의 행사 기획 관련자들을 선 차장에게 소개해 주었다. 그중에는 태형그룹 오균성도 있었다.

오균성은 까다로운 고객이 아니었지만 원하는 게 분명한 사람이었다. 그가 선 차장에게 요구했던 건 VIP급 대우, 전세계 호텔 체인의 숙박권과 식사권 제공이었다. 격년 행사를 조건으로 달았다고 했다. 거래를 하자는 거냐 묻는 선 차장에게 예의를 지키는 것이라고 했다나. 오균성은 그럴 수 있는 사람이었다.

지금 당장 오균성과 홍지영 사이에 무슨 일이 일어나는지 알 수 없으니 강혜원으로서는 송라희와 오균성에게 서비스를 제공하고 있다는 말을 할 수는 없었다. 홍지영도 강혜원에게는 고객이었다.

"변수죠. 일하다 보면 그것보다 더한 변수가 많기 마련이고요."

강혜원의 말을 듣는 홍지영의 눈가가 약간 떨리고 있었다. 강혜원이 말을 이었다.

"별것 아닌 일로 꿇리지 마세요. 판도 아직 안 깔렸는데 벌써 흔들리는 건 반칙이에요."

홍지영이 의외라는 표정으로 푹 소리를 내며 웃다가 대답하듯 말했다.

"저 좀 도와주세요. 그 말 하려고 왔어요."

강혜원이 뚫어져라 홍지영의 눈을 쳐다봤다. 왜 나에게 이런 부탁을 하는 걸까. 자신에게 힘을 행사할 권리가 있다는 사실을 이 사람은 모르는 걸까.

"물론이죠."

강혜원은 홍지영을 향해 손을 내밀었다.

"고맙습니다. 도움을 받을 사람이 필요했어요."

홍지영이 강혜원의 손을 붙들며 말했다.

"도우미가 아니라 이제 제 일이죠. 우리는 나보다 힘이 센 법이니까. 잘해 봐요, 우리."

표정에 긴장이 조금 풀린 홍지영이 휴대폰을 열어 아까부터 오던 문자를 확인했다. 홍지영의 얼굴이 삽시간에 굳었다.

"무슨 일이에요?"

"기획사 쪽에서 업체를 구하는 데 어려움이 있다고 해요. 3~4일 시간을 더 달라고 하네요. 비리 사건 때문에 그럴까요?"

"아뇨."

단호하게 답했다. 뭔가 이상하다고 생각한 건 둘 중 강혜원뿐인 것 같았다. 차라리 참가자들이 거절을 한다면 이해하겠지만, 업체의 입장에서는 태형처럼 큰 행사를 거부할 이유가 없었다. 태형이 제안한 행사는 몇 년에 한 번 있을까 말까 한 기회인 데다 한동안 어려웠던 컨벤션 산업이 이제야 기지개를 켜는 상황이었다. 홍지영이 눈치채지 못하는 선에서 일을 처리하는 게 훨씬 좋을 테니 다행이라면 다행이었다.

홍지영과 헤어진 후 강혜원은 컨벤션 업종 선후배들의 단체 메신저 창을 열어 오랜만에 안부를 묻고 상황에 대해 아는 것이 없느냐고 물었다. 수시로 뒷이야기가 오가는 단체 창에서는 역시나 빠르게 소식이 들어왔다. 통역 업체 소속의 민을 만한 후배의 메시지를 읽으며 강혜원은 고맙다고 답했다.

그러곤 뛰다시피 47층 스위트룸으로 향했다.

송라희는 베이지색 가죽 소파 위에 비스듬히 앉아 오른쪽 손가락에 관자놀이를 기대고 긴 눈꺼풀을 끔뻑이고 있었다. 생각이 많은 얼굴이었다.

"그것 때문에 강 지배인님이 여기까지 직접 오실 필요가 있었을까 싶은데요."

강혜원 역시 그것이 호텔 쪽 의견으로 바뀔 수 있는 건 아니라는 사실을 잘 알았다. 업체들을 묶어 두었다고 해도 일은 어떤 방식으로든 치러질 것이다. 쌀이 없으면 빵으로, 이가 없으면 잇몸으로. 그렇지만 '잘'해야 하는 행사는 사정이 다르다. 필요한 요소들이 적재적소에 선별 배치되어 저마다의 역할을 해 주어야 한다.

"행사를 잘 치르는 건 다른 문제겠죠. 어떤 스태프를 잡느냐는 생각보다 큰 문제고."

송라희는 잠시 대화를 멈추고 숨을 골랐다. 응접실 건너 다른 방에서 작게 유리 부딪히는 소리가 났다. 오므리고 있던 송라희의 입술이 옆으로 펴지며 아래쪽에 작은 보조개를 만들어 냈다.

"부탁을 하러 오신 거면 돌아가시죠. 저 혼자만의 선택이 아닐 확률이 더 높다는 건 지배인님도 잘 알잖아요."

그렇다. 잘 안다. 그리고 노련한 송라희가 혼자만의 선택이 아니라고 말하면서 자신이 의도하는 방향으로 상황을 몰고

갈 수 있다는 것도 잘 안다.

무작정 따지고 들 수도 없기에 강혜원은 멈추어 생각을 고른다.

송라희가 오랫동안 근무해 온 대형 기획사 인터스는 호텔에도 중요한 고객이었다. 행사를 주최하는 기업이나 정부 기관은 전문 기획사들에게 행사 진행을 처음부터 끝까지 맡기곤 했고 인터스 같은 큰 기획사를 잡아 두어 호텔에 실이 될건 없었다. 기획자로 시작해 영업 부서와 기획 부서를 두루 거쳐 상무 자리에 오른 송라희는 호텔에게 가장 중요한 고객 중 한 명이 아닐 수 없었고 연회를 담당하는 강혜원이 이 상황을 모른 척할 수도 없었다. 송라희는 자신의 결정을 어쩔 수 없는 것으로 포장하고 있었다. 비열함을 불가피함으로 포장하면 마음이 한결 가벼워지는 법이니까.

"부탁이 아니라 거래라면 어떨까요?"

송라희의 이마가 전등의 빛을 받아 반짝였다.

"지배인님이 뭘 해 줄 수 있는데요?"

"비밀을 보장해 드릴 수 있죠."

송라희의 윗입술이 살짝 들리는 것을 강혜원의 눈이 어렵지 않게 포착했다.

"무슨 비밀?"

"여기 오 과장님과 함께 오셨었죠?"

"아."

송라희의 눈빛이 차갑게 식는다.

"그 소문 알죠. 오 과장이랑 나랑 불륜 관계다 뭐 그런 거. 강 지배인이 그런 뜬소문까지 믿는 귀 얇은 사람이라고 생각하진 않았는데."

널리 퍼진 소문이었으므로 강혜원도 모를 리 없었지만 강혜원의 생각은 강혜원이 알고 있다는 걸 송라희도 알고 있다는 데에서 멈췄다. 강혜원은 송라희의 말을 멈춰 세웠다.

"두 분 관계가 그게 아니니까 더 문제죠. 아쉽지만 제 타깃은 오 과장이 아니에요. 백재현 대표지."

그 말은 예상도 못 했다는 듯 송라희가 짧은 콧소리를 내며 웃었다. 역시나 송라희는 오균성을 앞세워 흐름을 다르게 만들고 싶었던 거였다.

"그게 왜요?"

송라희는 최선을 다해 표정을 지우려고 했고 강혜원은 그런 송라희의 노력에 찬물을 끼얹어 줄 생각이었다.

"파산 직전이지만 근사한 실력을 가진 기획사 대표이자 입사 동기에게 무대 세팅을 제안하셨죠. 기획 총괄은 인터스가 한다, 너희는 무대만 세팅해라. 밀고 올라올 생각은 말라며 협박도 했고요."

전해 들은 얘기는 더 있었다.

인터스에서 나온 백재현에게 송라희가 오랫동안 동업을 제안했지만 백재현은 늘 거절했다는 것. 백재현은 아티스틱을 인터스보다 탄탄하게 키우고 싶어 했고 송라희는 그 꼴을 그냥 봐줄 정도로 배포 있는 사람이 아니라는 것.

백재현이 인터스에서 촉망받던 기획자였다는 건 호텔업계에도 잘 알려진 사실이었다. 능력이 있고 수완이 좋았으며 사람 자체의 평가까지 나쁘지 않았지만 백재현 스스로 점점 관료화되는 인터스를 견디지 못했다고 들었다. 백재현이 인터스를 나왔을 때 많은 기획사들이 그의 행보를 눈여겨보았다.

백재현이 인터스와 동업을 쉽게 할 리는 없을 테고 송라희는 어떻게든 백재현의 능력을 쥐고 싶었을 것이고. 그래서 알아서 인터스 아래로 기어 오라고, 그렇게 제안을 했을 것이다.

태형의 행사를 담당할 기획사가 아티스틱이 되었을 때 송라희가 자신이 가진 거의 모든 네트워크를 이용해서라도 아티스틱의 싹을 잘라 내고 싶었을 거라는 건 누구나 할 수 있는 추측이었다. 송라희는 조직을 이용할 권위와 수완이 있는 사람이니까. 아니나 다를까 송라희는 강혜원을 흥미롭게 바라본다. 부드럽고 우아한 표정을 지어 보이고 싶었겠으나 입술 끝이 살짝 비틀리며 올라갔다.

"백재현 대표가 제안을 한 거라면 시나리오가 어때요?"

송라희는 똑똑한 사람이다. 흥분하거나 화를 내지 않는다.

시나리오를 만들자고 제안하는 매너가 멋지다. 적당히 잘 치고 빠지는 스킬이 오랜 시간 단련시킨 내공을 짐작하게 한다.

"일이라는 게 뭐, 짜 놓은 시나리오대로 되던가요."

"우리 오래 볼 사이에 서로 상처 주지 말죠."

송라희의 말이 거짓은 아니다. 연회 일을 하는 동안 아마 가장 오래 볼 사람이 송라희일 수도 있다. 그런데 일이라는 게 원래 서로 상처를 주고받으며 하는 거 아닌가. 누군가 잘하면 누군가는 못한다는 소리를 듣는 거 아닌가.

"난 행사가 잘되길 원해요. 그게 인터스면 좋지만 인터스가 아니라도 상관없지. 방법은 어디든 있으니까."

송라희가 자신의 소속을 제멋대로 이용한다는 건 아는 사람은 다 아는 사실이다. 방패막이가 되어 준 오균성은 송라희의 치명적인 약점이다.

"그게 오균성 과장이 하는 행사라 잘되어야 하는 거고요."

강혜원은 이 순간 자신이 해야 할 일이 신경을 더 자극하지 않으면서 협상 카드를 내밀고 떠나는 것 정도라는 걸 잘 알았다. 그래서 가만히 송라희를 바라보다가 목소리를 낮추며 말을 이었다.

"그럼, 아티스틱과의 작업 금지는 해제해 주시는 걸로 알고 저는 갑니다. 이 룸은 원하실 때까지 쓰세요. 약속을 지키신다는 조건하에 제가 드릴 수 있는 호의예요."

고개를 돌렸을 때 강혜원은 뒤쪽 식탁에 앉아 있던 한 여자를 발견했다. 넋이 나간 얼굴로 강혜원과 송라희를 바라보고 있는 그는 강혜원도 잘 아는 사람이었다.

"듣지 않았어도 좋은 말을 들은 사람이 있네요. 인사하세요. 두 분 아시죠? 여긴 임강이 씨."

임강이가 여기에 있는 이유는 뭘까. 강혜원이 생각하기 전에 송라희가 말을 이었다.

"오늘은 대체로 일이 어그러지는 날인가 보군요."

단조로운 음성으로 말을 마친 송라희는 다시 팔꿈치를 소파에 괸 채 손가락 두 개를 이마에 얹었다. 임강이도 송라희도 고민이 많은 얼굴이었다. 송라희는 강혜원을 배웅하지 않았고 잘 가라고 말하지도 않았다.

강혜원은 문을 닫은 후 복도 벽에 기대었다. 복도에는 익숙한 적막이 흘렀다. 아티스틱이든 인터스든 키는 태형에 있다. 강혜원은 그 생각으로 몸을 겨우 일으켜 백 오피스를 향해 걸어갔다.

제아무리 좋아하는 일이라도 그 과정에서는 버텨야 하는 경우가 더 많다. 남을 보좌하는 것이 일인 호텔업계라면 더 그렇다. 이 일을 계속하는 것이 대체 자아실현과 무슨 관계가 있을까. 10년이 훌쩍 넘은 경력의 강혜원은 이제야 자문한다. 적어도 돈을 벌고는 있으니까. 10년 전보다 돈을 더 많이 벌게 된 지금은 사정이 나은가 하면 그건 또 모르겠다.

그럼 일이란 대체 뭐지.

일을 하지 않았을 때는 일만 하면 좋을 것 같았고 일을 시작했을 때는 더 좋은 일을 하고 싶었다. 가치 있고 정의로운 일을 하면 멋진 사람이 될 거라고 생각했다. 열심히 하면 기회도 오고 삶의 방향도 제대로 만들어 갈 수 있을 거라고 생각했다. 일을 잘해 낼수록 기회는 많이 찾아왔다. 잘할 수 있는 게 눈에 빤히 보여 버리기 아까운 기회들도 많았다.

기회를 취할 때마다 무언가를 버려야 했다. 가족에게 쏟는 물리적인 시간, 관계나 일상의 소소한 행복 같은 것. 강혜원이 그걸 버리고 싶었다는 게 아니다. 그게 중요하다는 걸 모르지 않았다. 다만 강혜원에게는 사람들이 추구하는 행복도 일종의 욕망으로 비쳤다. 관계에 대한 욕망, 행복에 대한 욕망, 사랑에 대한 욕망. 그들은 관계를 얻고 성취를 포기한 것뿐이었다. 다른 종류의 보람을 선택한 것이었다. 갈림길에 설 때마다 강혜원은 어떤 종류의 욕망이 지금 이 순간 스스로에게 더 우선하는지 선택했다. 강혜원에게도 일에 대한 성취만 중요한 건 아니었다. 육아휴직도 하고 아이와 시간도 보냈다. 다만 지금 이 시간에는 그런 욕구들이 우선순위에 있지 않다는 거다. 그게 왜 나쁜 건가.

그런데, 호준과의 관계가 망가져 가는 지금, 일도 엉망인 지금, 그다음이 무언지는 잘 모르겠다.

사회 초년생 시절부터 봐 왔던 박윤수를 보면 그런 생각이 든다. 그의 모습이 아마 자신의 미래에 가장 근접한 모습일 테니까. 더 나아가면 뭐가 있을까. 진짜 뭐가 있긴 할까? 강혜원은 자주 물었고 물음에 답한 적은 별로 없었다. 생각하기 전에 다른 일들이 찾아들곤 했으니.

마음이 복잡할 때 그랬듯이 강혜원은 선배 박윤수를 찾아갔다. 안개 속을 더듬으며 먼저 길을 가 본 박윤수는 강혜원이 기댈 유일한 안식처였다.

아티스틱의 아이디어에 대해 이야기하자 박윤수는 자아실현이냐고 물었고 강혜원은 해 볼 만한 도전이라고 답했다. 그래도 그랜드 볼룸에 시냇물을 구현한다는 아이디어가 납득되지는 않는지 박윤수의 얼굴은 난색이었다.

"그냥 연회 홀 하나 꾸미는 거라고 생각하면 된다니까요."

강혜원의 말에도 박윤수는 고개만 저었다.

"안 돼. 홀에 물난리라도 나면 니가 책임질래?"

강혜원은 발을 크게 한 번 굴렀다. 백 오피스 바닥이 쿵 하고 울렸다.

"선배. 이번만 도와줘요. 허가만 내 주면 다른 건 내가 알아서 할게. 이것저것 신경 쓰면 일을 어떻게 해."

박윤수가 강혜원을 철없는 아이 보듯 바라봤다.

"말이 되는 소리를 해. 이럴 거면 그냥 선 차장한테 세일즈 맡겨. 내가 그렇게 말도 안 되는 행사나 가져오라고 너한테 한번 해 보라고 한 줄 알아?"

박윤수가 벌떡 일어나 사무실을 나가려고 하자 강혜원이 소리 지르듯 말했다.

"대체 왜 말이 안 돼? 허가만 해 주면 내가 알아서 한다니까."

"야. 넌 왜 다 싸움을 걸고 그래."

"싸움을 거는 게 아니고,"

강혜원이 한숨을 돌리고 다시 말을 이었다.

"이 바닥에 있는 거 자체가 싸움이야. 왜 모르는 척해."

박윤수는 걸음을 멈추고 돌아서서 말했다.

"혜원아. 적당히 하자. 부지배인 총지배인 달아도 별거 없어."

부지배인, 총지배인이 혜원이 꿈꾸는 미래인가 하면 모르겠다. 그런데 박윤수의 그 말이 혜원의 심장을 찔러 댄다. 괜히 정리되지 않은 말들이 튀어나온다.

"선배는 다 해 봤잖아. 나는 아직 안 해 봤어. 내가 안 해 보고는 아무것도 몰라. 하라는 말도 하지 말라는 말도 필요 없어. 내가 하고 싶어. 내가 선택한 거라고."

의도치 않게 톤이 높아졌다. 쿵쿵 소리를 내며 걸어 박윤수를 앞질러 계단을 타고 올라가 백사이드 쪽으로 걸어 들어갔다. 박윤수가 백 오피스 계단을 타고 올라가 문을 닫는 소리가 들렸다. 강혜원이 벽을 더듬어 불을 켰다. 얼굴이 아직까지 화끈거렸다. 괜히 과잉된 반응을 보인 것쯤 스스로도 안다. 자신의 마음을 이해해 줄 거라고 믿었던 박윤수가 보인 반응에 어딘지 모르게 서운했다.

그랜드 볼룸의 한가운데에 희미하게 불빛이 들어왔다. 강혜원의 머릿속으로 거대한 시냇물이 그려졌다. 여덟 개의 징검다리가 좌우에 놓여 있고, 행사에 참여한 사람들이 자유롭게 그 위를 오갔다. 이 행사를 여러 개의 언론사에서 찍어 보도하고, 올해의 특별한 행사로 이름을 올리고, 선 차장을 밀어내고 강혜원은 인사 대상자가 되어 부지배인 자리에 오른다.

마음이 모든 것에 부대낀다. 박윤수의 말은 사실일지도 모른다. 그것이 성공인지 아닌지도 잘 모르겠고 자신이 원했던 게 거기까지였는지도 사실 잘 모르겠다. 그래도 잘하고 싶고 보람을 느끼는 거, 잘할 수 있는 거, 그게 이 일이라는 것쯤은 경험적으로 알고 있다.

암흑 속 어디선가 엄마의 목소리가 들려와 묻는다. 네가 꼭 하고 싶은 거냐고.

강혜원은 답한다. 이왕 하는 거, 끝까지 가 보겠다고.

엄마는 묻는다. 그 끝에 무엇이 있느냐고.

강혜원은 주저한다. 깨끗이 그만두기엔 걸어온 길이 너무 길다.

강혜원에게 호텔리어는 무엇이었더라. 일은 나에게 무엇이었더라. 쟁취해야 할 무언가, 내 삶을 지탱해 준 무엇, 유일하게 내가 내 마음대로 할 수 있었던 것, 그러니까, 하려고 하면 얼마든지 할 수 있었던 것, 내 삶의 의미.

무언가 멍울진 것이 혜원의 마음속에 차오른다. 차라리 다, 망해 버려라.

거대한 그랜드 볼룸이 암흑을 혜원에게 뒤집어씌우는 느낌이다. 이대로 어둠 속에 빨려갈 것만 같아서 혜원은 넋을 놓고 어둠을 바라본다.

갑자기 그랜드 볼룸의 전등이 다닥 소리를 내며 켜졌다. 전등 아래 나타난 사람은 선 차장이었다.

"본부장한테 직접 가."

"뭐?"

"남은 방법은 그거야. 직접 가서 말해. 태형 잡겠다고."

강혜원이 선 차장을 향해 날카로운 시선을 거두지 않았다. 생각해 본 적 없는 방법이었다. 한참 동안 둘은 한쪽만 불이 켜진 그랜드 볼룸에 서 있었다. 선 차장은 빛에, 강혜원은 어둠에 있었다. 왜 날 도와주는 거냐고 묻기 전에 선 차장이 말했다.

"어차피 너한테 맡길 일이었어. 분위기만 보고 있었어. 같이 가 줄 수는 없어. 이번 건을 잡은 건 너니까."

강혜원은 무릎에 힘을 주고 일어났다. 천천히 걸어 어둠을 빠져나가는 혜원의 모습을 선 차장이 보고 있었다. 그 눈길에 강혜원은 걸음이 빨라졌다.

일터에서는 적수도 친구도 없다. 일의 세계에서는 친해지는 법을 잊어야 편하다. 상처도 아픔도 고통도 없는 마음은 차라리 얼마나 무해한지. 잊고 있던 호준의 얼굴이 떠올라 걸음은 더 빨라진다. 나는 왜 이렇게 지랄 맞게 생겨먹었는지.

본부장실로 가는 길은 멀게만 느껴졌다. 결정권자처럼 보이는 그들은 자신들이 권력을 쥐고 조직을 움직인다고 생각하겠지만 오산이다. 본부장을 설득하는 게 아니라 본부장에게 상황을 설명하러 간다. 결정은, 이미 되었다.

그들은 듣고 실무는 말한다. 그들은 결정하지만 실무는 결정하게 만든다. 그러니 진짜 결정권자는 그들이 아니다. 실무진이다.

*

행사까지는 2주가 남았다. 회사는 아무 일 없었다는 듯 조용했다.

사내 공지를 통해 오균성의 대기 발령 소식이 공식적으로 전해졌을 때, 사실 홍지영은 겁이 났다. 다들 놀랐을 테지만 회사 내에서 홍지영에게 그 일에 관련된 사정을 물어 오는 사람은 없었다. 다만 누구도 함께 일하겠다고 적극적으로 나서지 않았다. 고발자는 원칙상 공개되지 않았지만 홍지영이 뒤를 캐이는 건 한순간이라고 생각했다. 간혹 멀리서 마주칠 때 의미 있는 웃음을 짓고 지나가는 사람들도 있었는데 그럴 때마다 묘하게 뒤통수가 따가웠다. 언젠가부터 사원증을 태그하면 한 치의 오차도 없이 양쪽으로 우아하게 열리는 투명 아크릴판 사이로 들어갈 때마다 앞이 꽉 막힌 터널에 스스로를 내던지는 느낌이었다. 하지만 일단 자리에 앉으면 고민거리들은 자연스럽게 눈앞에 해결해야 하는 일 뒤로 밀려났다.

　오균성이 눈앞에서 사라지면서 홍지영의 생활에도 변화가 생겼다. 사무실 안은 자주 고요와 정적이 찾아들었고, 김근호가 하품하는 소리는 이전보다 훨씬 더 크게 들렸다. 홍지영은 거의 모든 사항을 김근호에게 바로 보고했다. 어떤 연사에게 어느 정도의 연사금을 줘야 하는지, 의전 순서를 어떻게 해야할지, 객실은 디럭스급을 제공할 건지 슈페리어급을 제공할 건지도 물었다.

　김근호는 시시콜콜 묻는 것을 좋아하지 않았다. 그가 관심 있는 것은 오직 언론에 제공할 보도 자료의 방향과 이 행사를 기획한 기획실 홍보였다. 그런 것이야 당장 눈앞에 필요한 것들이 아니라서 홍지영은 무심하게 굴었고 그건 대부분 김근호의 화를 돋우는 원인으로 작용했다. 도대체 '일머리'가 없다는 거였다.

일머리가 없는 홍지영의 생각에 우선순위는 급하지 않은 홍보보다야 당장 해결해야 하는 스케줄과 섭외 문제였고 그런 순간에 홍지영은 세미나실에서 종일 시말서를 쓰고 있는 오균성을 생각하곤 했다. 이미 해 버린 선택을 후회하고 싶지는 않았다. 허탈하거나 무력하거나 전에 없이 비장하지도 않았다.

오균성과는 점심시간에 한 번 마주쳤는데 고개를 숙여 인사하는 홍지영 앞에 오균성은 느린 걸음으로 다가와 조용히 말했다.

잘해라. 응? 잘해.


홍지영은 오균성 사건 이후 업무에 관련된 모든 상황을 민감하게 받아들였다. 회사 포털의 규정집을 수시로 드나들었고 모든 행동을 조심했다. 원칙을 위반했다며 동료를 고발한 사람이 도리어 원칙을 어길 수는 없는 일이었다. 특히 스스로 수치스러운 일은 애초에 만들지 않았다. 이를테면 임강이에게 밥을 얻어먹는다거나 강혜원에게 호텔 베이커리의 케이크를 받는 일 같은 것이 그랬다. 간단한 차는 직접 계산했고 밥값은 나눠 내거나 얻어먹으면 꼭 다음에 보답했다. 그게 오균성과 자신의 차이점이라는 걸 스스로 확실히 하고 싶었다. 누구도 충고하지 않았지만 그러고 나서야 마음이 놓였다.

백 대표는 인력을 더 끌어모아 행사 조직위라는 그럴 듯한 이름을 붙였다. 그러자 작은 기획사에서 행사를 기획하고 있다는 사실이 전혀 티 나지 않았다. 수완이 굉장한 사람이었다. 알렉스와 임강이는 연사와 행사로 파트를 나누었다. 알렉스는 해외 연사들이 한국에 올 수 있도록 항공권과 비자를 챙겼고, 임강이는 호텔 객실 상황을 점검하고 무대와 행사장을 정리하는 역할을 맡았다.

진행도 순조로웠다. 세계 각지의 손님들이 한국에 오기 위한 준비를 마쳤다는 연락을 해 왔다. 날짜가 지나갈수록 관심을 주는 언론사의 수도 늘었다. 김근호의 오더를 받고 홍지영이 직접 연락한 언론사도 있었는데, 그 사실을 알게 된 알렉스가 리스트만 전달해 주면 조직위에서 언론 홍보를 도맡아 주겠다고 말해 일을 덜어 주었다. 홍지영에게는 언론과 연사들과 업체들 사이에 이슈가 되는 일이 수시로 보고되었다. 홍보 팀과 기획실은 회사의 언론 보도 방향이 비리에서 행사쪽으로 넘어오자 천천히 솟아 있던 신경을 누그러뜨리는 눈치였다.

그리고 어느새 홍지영의 일상에 성큼 들어온 알렉스에 대해 이야기하자면.

알렉스는 둘이 만날 때 온전히 제 분위기를 풍기는 사람이었다. 사람들 사이에 섞여 있을 때는 눈에 띄지 않았던 것들이 단둘이 만나면 드러났다. 회사에는 방문객들의 접근이 제한되었고 회사 관계자가 로비로 와 찾아온 손님들을 데려가야 했는데, 언젠가부터 알렉스를 데리러 로비로 내려갈 때마다 홍지영은 걸음을 멈추고 물끄러미 그를 바라보게 되었다.

알렉스는 정장이 아니더라도 깨끗해 보이는 밝은색 스웨터들을 무난하고 고급스럽게 매치해 입었다. 머리나 옷가지에 힘을 주거나 자신의 스타일을 고집하는 법이 없었고 그런 면이 소탈한 성격을 부각시켰다. 매일 한두 시간씩 아침 운동을 챙겨 한다는 그의 말을 들을 때는 근면성이 돋보였고 그의 팔뚝이나 목덜미가 어쩐지 근사해 보였다. 돌출된 광대나 턱을 조금씩 흔들며 웃을 때는 그와 1센티쯤 더 가까워지는 느낌이었다. 옷매무새는 흐트러지는 일이 거의 없었는데, 그의 성품도 그랬다. 만나는 사람이 기획실장이든 택시 기사든 반듯하게 인사를 했고 그럴 때마다 홍지영은 생각 없이 그를 바라보곤 했다.

생각 없이 그를 바라본다는 건 홍지영에게 아주 중요한 일이었는데, 홍지영이 '생각 없이' 뭔가를 하는 순간은 인생에 거의 없다시피 했기 때문이다.

알렉스는 현관 데스크 앞에서 유리창 쪽을 바라보다가 고개를 돌려 홍지영을 발견하고 활짝 웃었다. 그렇게 웃을 때 홍지영은 마음 한쪽이 '착' 하는 소리를 내며 가라앉는 느낌이었다. 홍지영은 고개를 꾸벅거리고 자동 아크릴판을 열고 나가 알렉스를 데리고 건물 안쪽으로 들어왔다. 알렉스가 안 보는 사이에 제 손을 들어 올려 셔츠 앞섶을 작게 토닥였다.

알렉스와 홍지영이 회의하는 사이 알렉스의 휴대폰으로는 500명에 가까운 일반 연사와 50명 해외 귀빈의 매니저들이 날짜 조정을 문의하고 객실의 컨디션을 물어 왔다. 홍지영과 알렉스는 연사들을 위해 항공권 변경 수수료를 조정하고, 인천공항에서 퀸스턴까지 오는 동선에 필요한 의전 사항을 체크해 넣었다.

시간은 빠르게 흘렀다. 어쩌다 보면 한 시간이, 돌아보면 또 한 시간이 지나는 식이었다. 한번은 홍지영이 다음 번에는 알렉스가 놀랐다.

라면과 김밥으로 간단히 식사를 마친 후 두 사람이 찾은 곳은 카페였다. 로비 오른쪽 한 켠에 마련된 간이 카페였는데 잘나가는 커피 전문 프랜차이즈였고 오래 훈련된 알바생들을 썼다. 낮은 울타리 안쪽에는 1인용 소파와 원목 의자가 두서없이 모여 있었다. 홍지영은 카페 안쪽으로 들어가 폭이 넓고 안쪽이 팬 의자에 자리를 잡고 앉았다. 유리창 너머로 노란색 타워크레인 수십 대가 젓가락 같은 사다리를 길쭉하게 뻗고 있었다. 구름이 끼어 하늘이 잿빛인 데다 점심시간이 막 지난 상황이라 그런지 허허벌판인 공사장에 모여든 타워크레인들이 스산한 오후 풍경을 만들어 냈다. 멀리 '환경 친화 도시, 태진시'라고 적힌, 어울리지 않게 거대한 광고판이 안개 입자와 함께 햇빛을 받아 푸른 바다를 품은 윤슬처럼 빛났다.

"식사는 보통 회사에서 하세요?"

끝이 깨끗하게 떨어지는 중저음의 목소리가 듣기 좋았다. 홍지영은 그런 것으로 그의 성격을 짐작했다. 강인함이랄지, 성실함이랄지, 예의 바름이랄지 하는 것들을. 홍지영에게는 그런 것이 늘 중요했다. 생기 있고 순한 눈, 입술의 정적인 움직임, 말하거나 걸을 때 어깨가 굽어지는 모양과 앉을 때 벌어지는 다리의 각도 같은 것들.

홍지영은 고개를 가볍게 끄덕였다.

"고담 시티 같은 신도심에서는 회사 식당 아니면 먹을 데가 마땅치 않거든요. 이 나라의 성실함과 기술이라면 5년 뒤쯤 도시 하나가 뚝딱 완성되겠죠. 개성이야 하나도 없겠지만."

알렉스는 작게 입술을 벌리고 웃었다. 그의 미소를 타고 나온 가벼운 한숨 소리가 귓가를 간지럽히며 맴돌다가 공기 사이로 흩어졌다.

"그래도 이렇게 좋은 회사에 다니시잖아요."

"좋긴요. 하루 종일 보고서만 만드는걸요. 그래도 지금은 좀 나아졌지, 인턴 때는 복사만 했어요. 세상에서 제일 믿을 수 없는 게 컴퓨터다. 우리 실장님 말씀이에요."

"아직도 그런 회사가 있어요?"

"모르긴 해도 한국에 대기업이 존재하는 한 영원할 것 같은데요."

알렉스가 소리 없이 웃었는데 홍지영은 그것을 바라보는 겨우 몇 초의 순간에 기분이 유쾌해졌다. 홍지영은 크게 웃는 편이 아니었지만 알렉스를 보는 순간에는 달랐다. 기분이 좋지 않을 때도 기분이 좋을 때처럼 미소가 나왔고 기분이 좋을 때는 심장 안쪽이 간지러워지는 느낌이 들었다. 그때 홍지영의 뒤로 경쾌한 구두 굽 소리가 들려왔다. 홍지영은 고개를 돌려 소리가 나는 쪽을 확인하고는 몸을 숙였다. 오 과장의 동기인 생산운영 팀 박 차장과 얼굴만 아는 박 차장 팀 사람이었다.

두 사람은 계속 홍지영과 가까워지는 중이었다. 처음에는 빈 곳이 많은 카운터 가까운 테이블에 가 앉나 싶었는데 어느새 방향을 틀어 이쪽으로 다시 돌아오고 있었다. 박 차장이 홍지영과 등을 맞대고 앉으며 말했다. 홍지영에게 들릴 만큼 크고 부주의한 목소리였다.

"행사 망하면 오 과장이 덮어 쓰는 거 아냐?"

"후배 하나 잘못 받아서 웬 고생이니, 오 과장."

"애초에 오 과장 말 듣고 인터스 쓰면 쉬웠을걸, 걔는 무슨 일을 그렇게 꼬아서 한대?"

"요즘 어린애들이 그렇게 꼬여 있어. 위에서 하는 거면 다 싫어해."

홍지영이 뒤쪽으로 몸을 약간 기울였다. 알렉스가 홍지영의 행동을 살피며 침묵이 잠시 지나가도록 도와주었다.

"근데 오 과장, 인터스 상무랑 되게 유명했잖아. 원래."

"뭐가?"

분명 뭐라고 대화를 나누는 것 같았는데 속삭이는 통에 한 단어도 제대로 들리지 않았다. 뭐였을까, 그 '뭐'는. 꺼림칙했지만 최대한 알렉스가 눈치채지 않도록 자리에서 일어나며 홍지영이 물었다.

"뭐 드실래요?"

"같이 갈까요?"

알렉스의 목소리는 덤덤했고 홍지영은 고개를 두어 번 가로로 저은 후에 마시고 싶은 게 있는지 다시 물었다. 대답을 듣고 카운터를 향해 걸어가는 홍지영의 머릿속은 더 이상 들리지 않는 박 차장 테이블의 대화 내용을 상상하느라 분주했다. 계산대 앞에 서서 따뜻한 페퍼민트와 아이스아메리카노를 주문한 후에 홍지영은 케이크 진열대를 멍하니 바라봤다. 어디선가 흘러 들어온 빛이 진열대 유리를 통과해 케이크 표면에 닿았다.

대부분의 기억 속에서 시끄럽게 수다를 떠는 모습으로 남아 있는 박 차장은 사람들과 어울리기 좋아하는 요란한 인물이었다. 비밀이라고 생각되는 게 있으면 웬만하면 듣고 잊어버리는 홍지영과는 딴판인 인간형이었다. 박 차장이 있는 자리를 홍지영은 자연스럽게 피하게 되었는데, 그건 최신 정보로부터 멀어진다는 뜻이기도 했다. 박 차장은 늘 홍지영이 알지 못하는 어떤 것을 알고 있었고, 그런 정보는 대부분 공적인 자리에서 원칙에 따라 이야기되는 것이 아니라 은밀하고 사적으로 공유되었다. 회사 생활을 계속하려면 그런 정보들을 좇아 나쁠 게 없었지만 홍지영은 회사에 들어온 지 몇 년이 지나도록 그런 필수적인 사회생활에 열정을 욱여넣지 못했다.

상황이 그렇다고 하더라도 이미 들어 버린 말들을 밖으로 빼낼 수는 없었으니 직원의 바쁜 손이 만들어 내는 음료를 보면서 홍지영은 저도 모르는 사이에 생각하고 있었다. 대체 오균성과 송 상무는 어떤 관계일까. 전에 없을 행사 스케일에 오균성이 반색하던 속셈은 뭐였을까. 흘러가는 생각을 따라 몸을 살짝 비틀 때마다 햇빛이 다른 방향에서 케이크 표면을 비추었고 어느 순간엔 케이크 안으로 빛이 스며들어 버렸다.

주문하신 음료 나왔습니다.

손안에 들어온 음료 두 잔과 함께 뒤를 돌았을 때 홍지영의 입술은 놀라움으로 가볍게 벌어졌다. 홍지영의 눈에 들어온 건 박 차장 테이블에서 큰 소리로 웃으며 이야기를 나누는 알렉스였다. 케이크로 스며든 빛이 갑자기 제 머릿속으로 쨍 소리를 내며 들어와 버린 것처럼, 홍지영은 가만히 멈추어 적요의 순간을 버텼다.

박 차장은 음료를 가져오는 홍지영을 향해 반갑게 손을 흔들며 인사를 하더니, 홍지영이 가까이 오기 무섭게 부장님 들어올 시간이라며, 이제 그만 가 봐야겠다고 말하곤 자리에서 일어났다. 홍지영은 완전히 일어나지도 완전히 앉지도 않은 어정쩡한 자세로 그들에게 인사했다. 박 차장은 앞에 앉아 있던 팀 사람을 소개시켜 주더니 홍지영에게 열심히 준비하라며 두 주먹을 불끈 쥐어 보이기까지 했다. 그들이 떠난 자리에는 밝은 빛이 온화하게 내려앉아 있었다.

홍지영은 뭐가 어떻게 돌아가는 건지 모르겠다는 표정으로 알렉스를 바라봤다. 알렉스는 무심하고 평온하게 차 한 모금을 마시고는 말했다.

"인터스 송 상무가 저희 업계에서 유명한 줄은 알았는데 여기서도 유명할 줄은 몰랐네요."

"송라희 상무님요?"

홍지영의 물음에 알렉스가 고개를 끄덕이며 말했다.

"네. 화끈하고 악의 없고 자신감 넘치는 분이죠."

그러시구나. 혼잣말처럼 하고 나서는 딱히 할 말이 없어 입을 다물고 유리창 너머 떠다니는 구름만 봤다.

"자기 일 하며 차근차근 스텝을 밟아 성공하기가 저희 업계에서 쉬운 일은 아니에요."

네. 뭐 어디나 그렇겠죠. 다시 혼잣말인 듯 아닌 듯 말을 내뱉고 나서 홍지영은 바깥 풍경으로 눈을 돌렸다. 한낮의 햇빛이 숨긴 건물의 윤곽이 형태를 잃은 채 시선 너머에 너울거렸다. 알렉스가 물었다.

"저한테 말하고 싶은 거 있으면 해도 돼요."

"네?"

"매번 할 말을 꾹 참고 있는 거 같아서. 제 앞에서는 안 참으셔도 된다고요."

알렉스가 말을 이었다.

"아무렇게나 말해도 제가 알아서 잘 들어 드릴게요."

그 순간 홍지영의 입에서 불쑥 튀어나온 건 이런 말이었다.

"그럼 대리님이나 매니저님 말고 이름 불러 주세요."

그 말이 홍지영의 얼굴을 화끈거리게 만든 걸까, 아니면 이미 화끈거리고 있었던 걸까. 홍지영이 이를 앙다물며 달아오른 볼을 식히던 순간, 두 사람 옆에 있는 간이 문이 열렸다. 밖에 모여 있던 소리들이 안쪽으로 몰려 들어오며 순식간에 공기의 흐름을 바꿔 놓았다. 홍지영은 알렉스를 바라봤다. 두 사람의 간격, 앉아 있는 자세, 그사이에 조금 미지근해진 잔의 온도. 우연히 눈에 포착된 것은 문을 열고 들어오는 사람의 운동화였다. 새것같이 빳빳한 면에 얼룩 하나 없는 말끔한 베이지색 스니커즈. 그것과 낡은 제 운동화를 번갈아 보며 홍지영은 발을 자꾸만 뒤로 끌었다. 알렉스가 찻잔을 올려 입술에 가져다 대며 말했다.

"그럴게요."

한꺼번에 많은 소리들이 홍지영의 귀에 꽂히듯이 들어와 앉았다. 베이지 스니커즈와 그의 친구가 천천히 대화하며 멀어지는 소리, 카페 직원이 철컥철컥 커피머신을 작동시키는 소리. 홍지영은 빛이 스며 들어가는 알렉스의 콧등을 가만히 바라보았다.

인간이 맺는 관계는 불안할 수밖에 없다. 세상의 에너지는 불안을 잣대 삼아 균형을 맞춘다. 마음도 그렇다. 들뜨는 때가 있으면 가라앉을 때도 분명히 있다. 홍지영은 그런 변화의 순간들을 늘 경계하며 살았다. 행복과 불안을 피하는 가장 편한 방법은 회피와 침묵이었다. 배워 아는 게 아니라 경험으로 익힌 거였다. 회사에서든 집에서든 어떤 관계에서든 홍지영은 침묵으로 균형에 이르렀다. 회피는 마음의 상처를 덜어 주었고 침묵은 벽을 만들어 자신을 공고하게 지켜 주었다.

침묵이 가장 이로운 선택이라는 걸 알았던 건 아이러니하 게도 홍지영이 '그렇게 살지 말라'고 쏘아붙였던 선배를 다시 만난 날이었다.

축하 인사 대신 충고를 전했던 홍지영에게 선배는 말했었다.

너 알고 보니 우리 회사 지원했더라? 언제든 꼭 들어와라. 응?

그때까지는 그를 다시 볼 줄 몰랐다. 마주칠 줄도 몰랐고 그와 함께 일할 거라고 꿈꿔 본 일도 없었다. 그런데 그를 회 사 세미나실에서 다시 만났을 때, 오균성이 업계 친구라며 그 를 홍지영에게 소개했을 때, 홍지영은 저 혼자 예의를 지키는 게 얼마나 힘든지 새삼 깨달았다. 그를 거치고 나서 만난 사 람이 오균성인 건 충격보다 절망이었다.

그가 자신의 친구를 무시했다 한들 입을 다물었더라면, 아무 일도 생기지 않았을 거였다.


그날 이후로 너무 가까운 관계는 만들지 않기로 다짐했던 것 아닌가. 어쩔 수 없는 세상의 폭력으로부터 지켜 주고 보 호받는 관계를 처음부터 만들지 않겠다고.

겨우 이름을 불러 주겠다는 한마디가 굳게 쌓아 온 옹성을 흔든다. 색을 분별하기 힘든 어떤 감정이 한 겹 쌓인다.

"그것 말고도 지금 저한테 묻고 싶은 말 있잖아요."

알렉스의 말에 홍지영이 바짝 마른 입술 위아래를 붙였다 뗐다.

"그 사람들 뭐라고 한 거예요?"

대단한 용기가 필요 없는 말이었다는 걸 뱉고 나서야 알았다.

"아, 뒷테이블. 저 기획실 소속 인턴인데, 송라희 상무님 잘 아시냐고요."

갑자기 어이가 없어진 홍지영이 웃었다.

"그다음은요?"

"아, 제가 송라희 상무님이랑 친해지고 싶어 그러는데, 무슨 일 있었냐고. 비밀 이야기면 저한테도 좀 공유해 달라고 했어요."

그러고 보니 큰 소리로 웃던 알렉스가 기억나서 홍지영이 물었다.

"뭐라고 하던가요? 큰 소리가 났던 것 같은데."

"아, 제가 그 소문들이 진짜였냐고 되물었더니, 말실수했다며 일어나시더라고요. 그사이에 대리님이 오셨고."

홍지영이 피식거리며 웃었다. 둘은 고개를 돌려 하늘을 바라봤다. 오랜만에 무척이나 맑고 파란 하늘이었다. 둘의 앞으로 인공 물레방아가 돌면서 꽃잎처럼 물방울을 튕겨 내고 있었다. 홍지영이 물레방아가 도는 모양을 가만히 보다가 물었다.

"제가 잘 몰라서 물어보는 건데요. 저 물레방아 말이에요. 우리 행사에 포인트로 사용해 보면 어떨까요?"

알렉스가 홍지영의 시선을 따라 물레방아 쪽으로 고개를 돌렸다. 바퀴에서 떨어진 물줄기가 웅덩이를 이루고 있었다.

"처음에 퍼포먼스를 넣어서 임팩트를 주는 거죠."

"행사의 주제가 물이기도 하고, 우리가 그런 포인트 퍼포먼스는 없으니까. 나쁘지 않은데요."

홍지영은 '나쁘지 않다'는 말이 마음에 들지 않았다. 나쁘지 않다는 말이 좋다는 말은 아니니까. 그러곤 곧 예민하게 구는 스스로가 한심하게 느껴져 주먹을 작게 말아 쥐었다. 그때 알렉스가 홍지영의 눈을 똑바로 바라보며 단어마다 힘을 주어 말했다.

"좋아요, 대리님. 정말로."

홍지영이 고개를 돌려 알렉스의 얼굴을 마주했다. 눈이 마주쳤지만 둘 다 눈을 떼지 않았다. 알렉스가 살짝 웃었고 홍지영은 아주 잠깐 멍해졌다. 부드럽고 여유 있는 미소 때문이 아니라, '좋아요'라는 단어 때문이었다. 저 말을 다른 식으로 전해 듣고 싶어지는 이상한 순간이 지났다. '좋아요'와 '좋아해요'의 상관관계를 따져 묻는 게 얼마나 의미 없는 일인지 생각하는 동안 물레방아에서 떨어지는 거친 물소리가 두 사람의 주변을 가득 채웠다. 알렉스가 음료수 잔을 입술에 가져갔는데 잔은 이미 비어 있었다.

이래도 되는 건가. 이거 괜찮은 건가. 머릿속에 복잡한 생각이 쌓여 간다.

한참 만에 알렉스가 무대연출 감독과 임강이의 의견이 필요하겠다고 말했고 홍지영이 조급하게 휴대폰을 찾아 임강이에게 전화를 걸었다. 전화를 받은 임강이의 목소리 뒤로 사람들 소리가 분주하게 오갔다. 홍지영의 이야기를 들은 임강이의 첫마디는 예산 문제였다.

"예산이야 저희가 넉넉하게 책정했는데요?"

홍지영의 말도 뾰족하게 서 있었다.

"태형에서 넘겨주는 예산 말고 저희가 업체랑 계약하는 금액도 있어요."

"그냥 해 보시죠?"

"따로 빼서 책정하시지 않으면 선택권은 저희 거죠. 행사 2주 남았는데 갑자기 물레방아라뇨."

임강이의 말이 홍지영의 신경을 거슬렸다. 앞에는 기대에 찬 눈빛의 알렉스가 통화가 끝나기를 기다리고 있었다. 홍지영은 일부러 목소리를 눌러 말했다.

"만나서 얘기하시죠."

알겠다고 하면서 임강이가 마지막으로 꺼낸 이야기는 놀랍게도 강혜원이 송라희를 찾아갔다는 거였다. 인터스가 퀸스턴에 배수진을 치고 있다는 거였다. 업체가 바뀔 수 있느냐는 임강이의 질문에 홍지영은 단호하게 그럴 일은 없다고 잘라 말했다. 알렉스는 한 번도 흐트러지지 않은 자세로 천진하게 앉아 유리창 너머와 홍지영을 번갈아 보는 중이었다. 온기가 그의 주변을 감쌌다.

통화를 마치고 알렉스와 다음 미팅을 잡으며 홍지영은 문득 아까 들은 말들을 기억해 냈다. 강혜원은 인터스와 또 어떤 관계인 걸까. 늘 의뭉스럽던 강혜원의 표정도 떠올랐다. 좀처럼 자기표현을 하지 않는 강혜원은 정말 '우리 편'인 걸까. 자리를 털고 일어나 회의장으로 걸어가는 알렉스의 뒷모습을 보며 홍지영은 다시 멀리 유리창 너머 도시를 바라봤다. 빛이 천천히 사그라지고 있었지만 덕분에 건물의 윤곽은 또렷해지는 중이었다.

적이냐, 동지냐. 그런 고민은 일을 하는 데 아무런 도움이 되지 않았다. 머리는 일을 위해서만 쓰일 뿐, 그 사람이 내 사람이냐 아니냐에 에너지를 쓰는 건 아마추어나 할 일이었다. 홍지영은 유리창에서 시선을 거두고 카페 출구 앞에서 자신을 기다리는 알렉스를 향해 발을 뻗어 걷기 시작했다. 붉은색과 푸른색이 층층이 섞인 하늘 아래 공사장 불빛이 하나둘

켜지기 시작했고 회색 구름 옆으로는 무리를 이룬 작은 새들
이 부지런히 날아다니고 있었다.

4장

길고 구불구불한 머리카락을 뒤로 질끈 묶은 임강이가 집 게손가락으로 검은 안경테를 쓱 올린 후에 플라스틱 모형 조 감도를 탁자 위에 올렸다. 행사장 전체를 한눈에 파악하기 쉽 게 무대감독이 만들어 보낸 모형도였다. 플라스틱 재질의 기 다란 통이 무대부터 행사장 입구까지 놓이고, 카펫 위에 투 명 플라스틱으로 구획을 정리해 실제 행사장인 듯 실감이 났 다. 시냇물을 구현할 긴 물통 옆쪽의 숲과 조명까지 디테일하 게 표현되어 있었다. 가장 논란이 되는 건 역시 물레방아였다.

"치명적인 단점이 있습니다. 시끄러울 겁니다."

임강이는 강혜원의 말에 힘을 실어 주듯 고개를 끄덕이며 동의했다. 전문가들의 의견이라면 쉽게 뜻을 굽히던 홍지영이었는데 이번 건은 어쩐지 쉽게 넘어가지 않았다.

"저는 무대가 콘퍼런스 개막식, 점심 공연, 폐막식 이런 데만 활용되니까 크게 문제 될 게 없다는 쪽이에요."

만족스럽게 시냇물 모형도를 지켜보더니 홍지영이 다시 말을 이었다.

"물레방아가 시끄럽다면 물로 된 거, 예를 들면 자격루처럼 상징적인 물건도 의미 있겠고요."

"자격루는 안 돼요."

홍지영이 임강이 쪽으로 고개를 돌리자 알렉스가 상황을 설명했다.

"아. 다른 게 아니라 트라우마 같은 거라서. 몇 년 전 무대 위에서 자격루 모형에 달린 밧줄이 잘못 당겨지는 바람에 VIP 행사 망한 적이 한 번 있거든요. 개회식 무대에서 자격루가 초청 인사 쪽으로 쿵 하고 떨어졌어요. 보디가드들 다 올라오고 난리 났었지. 기획사 하나가 통째로 날아갔어요."

'아' 소리를 내며 홍지영이 물었다.

"리허설 때는 문제가 없었나 봐요?"

이번에는 강혜원이 답했다.

"변수는 얼마든지 생기는 건데 기획사 측에서 물리적인 힘의 변수를 고려하지 않은 겁니다."

임강이가 웃음 띤 얼굴로 혼잣말인 듯 말했다.

"기획사 탓이라고 몰아세우실 거야 없죠. 운이 없었을 뿐인데."

강혜원이 말을 바로잡는 대신 대화의 흐름을 잡았다.

"이번 행사의 의미를 다시 생각해 보면 어떨까 싶습니다."

잠시 침묵이 찾아들었다. 홍지영이 눈치를 보다가 운을 뗐다.

"우리가 보여 주려는 건 태형이 계속해서 사회에 선한 영향력을 끼치며 발전해 가고 있다는 거예요."

임강이가 대답하듯 고개를 끄덕이며 말했다.

"뭐, 비리 기업보다야 친환경 스마트 기업 이미지가 낫죠."

홍지영이 빠르게 입술을 닫으며 표정을 굳혔다. 임강이에게는 기분 나쁘다는 뜻으로 읽혔다. 그래도 홍지영이 남의 말을 비꼬아 듣는 사람은 아니었다. 사람들은 저마다 자기만의 상황이 있고 임강이 역시 자신의 상황에서 받아들여진 것을 알려 주면 됐다.

"비난하는 말 아니에요. 행사 자체가 일종의 이미지메이킹이니까요. 기업이 갖고 있는 지금의 이미지보다 행사로 만들어 낼 이미지가 훨씬 중요하고요."

홍지영의 표정이 조금 누그러졌다. 임강이 앞에 있는 게 홍지영이 아니라 태형 전략기획실의 그 소문난 과장이었다면 욕을 듣기에 충분한 상황이었다.

상황을 모면할 목적이었지만 틀린 말은 아니다. 애초에 행사는 보여 주기다. 우리가 잘해야 하는 건 잘 보여 주는 거다. 잘나가고 있다고 자기 PR에 충실한 거다. 없는 알맹이도 만들어서 있다고 해야 한다. 그 속성을 모른다면 홍지영은 이자리에 있으면 안 되는 거고, 그게 아니라면 회사는 비리가 터진 순간 2억을 증액할 게 아니라 행사를 완전히 접었어야 했다.

강혜원은 임강이와 홍지영이 톤을 높여 이야기를 하는 동안에도 침묵을 지키며 무언가를 생각하고 있었다. 당연히 물레방아일 것이다.

임강이도 강혜원이 뭘 걱정하는지 전혀 모르지는 않았다. 호텔에 숲을 구현하는 것도 모자라 물레방아라니. 그래도 강혜원은 자기가 생각하는 것을 강하게 밀어붙이지는 못할 것이다. 강혜원은 갑과 바로 연계되어 있는 기획사도 아니고 을 중에서도 을인 호텔 소속인 데다가, 호텔 연회 팀은 기획자가 요구하는 기획안을 구현하는 방안에 골몰하는 게 주된 일이니까.

"안 됩니다."

임강이는 동그랗게 커진 눈으로 오른쪽에 우두커니 앉아 말하는 강혜원을 바라봤다. 역시, 소문대로 눈치 따위 보지 않는 사람이구나.

"비큐, 그러니까 연회 홀에서는 모든 것이 통제되어야 합니다. 조명, 온도, 공기, 색감, 음식. 하나라도 컨트롤할 수 없으면 그 행사는 백퍼센트 신뢰할 수 없습니다. 자격루 이벤트도 그랬지만 포인트 퍼포먼스가 있는 경우 행사가 산만해지기 쉽습니다. 저는 반댑니다."

홍지영이 힘없이 킁 소리를 냈다. 임강이로서는 일당백 을과 아무것도 모를 게 분명한 갑의 대화가 재미있는 구경거리였다. 알렉스는, 대체 무슨 생각으로 홍지영과 저런 말도 안되는 계획을 짜 왔을까. 알렉스가 볼 안에 공기를 빵빵하게 넣으며 양쪽 손을 올려 손바닥으로 뒷머리를 잡았다.

"예산도 문제죠."

임강이가 말하자 홍지영이 콧바람을 길게 뿜어냈다. 놀라울 일이 아니라고 더 말해 주려다 말았다. 물레방아 대여값이면 몇백만 원은 기본일 테고 그거면 정말 사무실 에어컨 하나 정도 고치고도 남을 값이었다.

"당초보다 예산이 2억이나 늘었잖아요. 그걸로 좀 제대로 된 행사를 해 보고 싶은데요. 이렇게들 소극적이시면 곤란하죠."

강혜원과 임강이가 홍지영 쪽으로 고개를 돌렸다. 질 수 없는 임강이가 목소리를 조금 더 높였다.

"전체 행사장 백월 LED, 특수 제작해야 하는 U자형 반원통, 숲과 나무 조형물, 행사 순수 비용으로 들어가는 돈만 기존 행사들의 다섯 배입니다. 초청되는 연사들에게 모두 비즈니스석이 제공되면 초청비 상향은 더 말할 것도 없고요. 말씀하신 2억을 증량하는 대신 저희는 모든 재료를 이 행사 이틀을 위해 개별 제작하는 방식을 선택했어요."

누군가 답답한 듯 크게 숨소리를 내며 몸을 의자에 붙여 앉았다. 홍지영은 점을 찍듯 강조해 말했다.

"좋아요. 어쨌든 생태주의적인 속성만 강조되었으면 좋겠어요."

홍지영의 말에 임강이가 얼른 답했다.

"그럼요. 우리가 만들어 내야 할 이미지는, 계속해서 앞으로 나아가는 기업, 자연을 해치지 않는 에너지 기업, 대한민국과 세계인의 미래 자원을 책임질 친환경 기업, 태형입니다."

"동의해요."

홍지영이 고개를 가볍게 끄덕였다. 알렉스가 말했다.

"숲의 느낌을 살릴 수 있게 시냇물 주변에 돌을 쌓아 올릴 건데요. 강화 플라스틱으로 물길을 트고 각 시간대별로 행사 성격에 맞춰 색을 변주해 봐도 좋을 것 같아요."

아차 싶은 표정으로 홍지영이 말했다.

"그런데 플라스틱은 일회용인데요?"

"대부분의 행사도 일회성인데요?"

"그러면서 어떻게 생태주의적 속성을 강조해요? 너무 위선

적이지 않아요?"

"다른 방법 있어요?"

그것까지는 생각해 보지 못했다는 듯 홍지영이 말을 줄였다.

쉽게 말을 꺼낼 수는 없었지만 대화를 하는 동안 임강이에게는 또 다른 고민이 생겨났다. 물길을 만들 U자 통을 특수 제작할 것이냐 하는 거였다. 특수 제작해서 통으로 들여오면 접합이 쉽고 안정성이 담보되겠지만 지출이 족히 지금의 네다섯 배는 될 게 틀림없었다. 다른 방법은 조각난 플라스틱을 가져와 붙이는 거였는데 배송비도 제작비도 붙지 않을 테지만 행사의 완성도는 떨어질 것이다. 평소라면 당연히 안전한 방법을 택했겠지만 지금은 상황이 달랐다. 월세도 제대로 못 내면서 제작비를 마구 쏟아 붓는다면 아티스틱은 올가을을 못 버티고 문을 닫아야 할 것이다.

알림 소리에 임강이가 신경질적으로 호주머니에서 휴대폰을 꺼내 들었다. 문자는 무대감독으로부터 와 있었다.

"물레방아, 제작하려면 오늘까지 주문 들어가야 한다네요."

강혜원이 의자를 찍 소리 나게 밀어 일어나며 말했다.

"어려운 건 어렵습니다. 생각할 시간이 좀 필요해요."

홍지영도 의자를 밀며 일어났다.

"그렇게 생각만 하다가 겨우 일주일 남은 행사 망칩니다."

임강이가 둘을 올려다보다가 결국 자리에서 일어났다.

"아니 이렇게 함부로 행사 방향을 갑자기 틀어 버리면 곤란하죠."

"함부로라뇨. 저희가 예산 드리는 거 아니면 두 분 다 어떻게……."

마침 백재현이 세미나실 문을 열면서 늦어서 죄송하다고 고개를 꾸벅거리고 안쪽으로 들어왔다. 그런 백재현을 임강이가 입술을 꾹 다문 채 보고 있었다. 시간 한번 제대로 맞추네.

"아이고, 회의실 공기가……."

백재현은 호텔 지하 베이커리에서 음료와 빵을 잔뜩 싸 들고 들어왔는데, 임강이는 대표의 그런 생각 없는 모습을 보고 불쑥 짜증이 났다. 그는 어떻게 늘 가식 없는 얼굴로 웃으면서, 정말 아무 일도 없다는 듯 매 순간 평온하고 여유로울 수 있을까. 송라희가 최선을 다해 자신을 짓밟고 있다는 걸 모르는 걸까, 이번에도 모르는 척하는 걸까.

며칠 전 송라희에게 스카웃 제의를 받은 자리에서 임강이는 제안을 거절했다. 사실 아티스틱과의 의리를 지키기 위한 용기 있는 결정이었다고 말하기에는 고민이 길었다. 인터스는 업계의 대표 기업이고 지금 바로 인터스에 합류한다고 해서 그 경력이 해가 될 일은 전혀 없었다. 냉정하게 말해 유망하지만 아직 이름 없는 아티스틱보다야 이미 정평이 난 인터스에서 일을 하는 게 나을 수도 있다. 백재현은 인터스에서 일했던 경험에 대해 부정적인 뉘앙스로 이야기하곤 했지만 그 경험이 있었기 때문에 백재현의 회사인 아티스틱이 업계에서 어떻게든 살아남았다. 임강이는 소속이 미래를 담보해 주지 않는다는 백재현의 생각을 오랫동안 공유해 왔지만 송라희의 제안이 매력적이지 않은 것은 아니었다. 임강이에게는 뜻이 맞는 사람들과 함께 보람을 느끼며 일하는 것도 중요하지만 그 전에 탄탄하게 입지를 다지는 것도 중요했다. 게다가 송라희는 팀장 자리를 제안했다. 임강이는 한참 만에 말했다.

"저는 제 능력에 의심이 많은 사람입니다. 아이디어는 보통 뜻 맞는 팀과 함께해야 잘 나오고, 혼자 뭘 이끌 능력은 없습니다."

송라희는 의외라는 듯 물었다.

"뭐, 의리 이런 거 좋죠. 근데 그게 임강이 씨의 내일을 보장해 주지는 않지."

임강이가 떠올린 건 아티스틱 간판을 세우며 흥분하던 백재현의 얼굴이었다.

우리 잘해 보자, 비굴하지 않게, 우리만의 방식으로, 끝까지.

힘차게 말하던 백재현의 표정도 떠올렸다. 그렇게 용기와 격려를 북돋워 주는 날에는 일을 하다 날을 새도 좋았고, 과로로 쓰러져도 괜찮았다. 내가 불필요한 인간은 아니구나, 함께하는 사람들이 있구나, 그 생각이 임강이를 달려가게 만드는 원동력이었다.

인터스에서라면 더 잘할 수 있지 않을까. 임강이는 그 짧은 순간 수많은 생각을 했다. 생각은 복잡하지 않았지만 마음은 복잡했다. 인터스로 가면 백재현과 알렉스의 얼굴은 어떻게 볼 건가. 함께 잘해 보자던 그 약속은 어떻게 할 건가.

그런 고민을 하고 있을 찰나에 강혜원이 문을 두드렸다.

탁자 위에 놓인 연보라색 마카롱 한쪽을 작게 뜯어 물면서 임강이는 강혜원의 이야기를 들었다. 처음에는 강혜원과 송라희가 하는 대화 속 주인공이 백재현이라는 걸 몰랐다가 송라희가 소리를 지르듯 눌러 말한 탓에 애석하게도 이름을 들어 버렸다. 차라리 몰랐으면 좋았을 텐데. 한번 들어 버린 이름은 임강이의 귓속에 쏙쏙 박혔고 결국 대화에 끝까지 주의를 기울이고야 말았다.

정황을 정리해 보자면 그토록 인터스를 비난하던 백재현이 아티스틱을 살리기 위해 아등바등하다 송 상무에게 가서 방법을 찾았다는 짐작은 사실이었다. 백재현은 부탁을 하러 송라희를 만났고 송라희는 아티스틱에 기획 총괄을 맡길 수는 없지만 협업은 어떻겠냐고 제안했다. 백재현이 송라희의 제안을 덥석 받아들일 수는 없었을 것이다. 그는 고민했음이 분명하다. 아티스틱의 상승세를 막으려는 송라희에게는 어느 쪽이라도 아쉬운 결말이 아니었을 것이다. 인터스가 하면 좋고, 아티스틱이 연회 협업을 해 주면 더 좋고. 송라희에게는 바닥의 룰을 벗어나려고 애쓰는 백재현과 아티스틱이 눈엣가시일 거라고 백재현이 말한 적이 있다.

태형 본사 앞에서 백재현은 고개를 약간 숙이고 있었다.

인터스가 뽑힌다면 아티스틱과 협업을 하자.

그 말을 백재현이 한 건 아닐까. 비굴해 보여도, 그는 회사의 대표니까. 회사의 대표로서 회사에 도움이 되는 일쯤 못할 것도 없을 테니까.


임강이는 멍한 얼굴로 백재현을 바라보며 생각한다.

그게 뭐야, 쪽팔리게.

이 행사를 잡지 못하면 아티스틱은 그대로 문을 닫아야 할 상황이었다. 백재현도 알렉스도 임강이도 잘 알았다. 그래도 임강이는 어쩐지 억울하다. 소문대로 대표님네 아버지가 재벌이라서 대표님이 여기저기 손 벌려야 하는 일은 없다고 말해 주면 안 되느냐고 따져 묻고 싶다. 임강이는 조용히 이를 악물며 주먹을 꾹 쥔다. 백재현은 아티스틱을 위해 자존심 따위 버릴 수 있으니까, 자존심이 밥을 먹여 주지 않으니까. 백재현도 바보 같은 표정으로 헤헤거리며 그렇게 말할 게 분명하니까.

눈앞의 백재현은 능청스럽게 커피를 한 잔씩 나눠 주기 시작한다.

"자, 자, 선생님들, 준비하시느라 고생 많으십니다. 이거 한 잔씩들 하시고, 기분 푸시고."

임강이는 강혜원의 얼굴을 살핀다. 자리에 앉은 강혜원은 적당히 무관심한 얼굴로 백재현이 건네는 커피를 받아 들고 고개를 숙여 인사한다.

임강이가 말했다.

"물레방아는 강 지배인님이 양보하시고, 플라스틱은 홍 대리님이 양보하시죠. 오늘 발주 들어가야 다음 주 행사 무사히 치를 수 있고 고집은 피워서 좋을 게 없어요."

홍지영이 고개를 들어 말했다.

"그럼 좀 더 친환경적인 디자인을 무대 아래 넣어 보면 어때요? 진짜 나무나 꽃으로요."

임강이는 홍지영의 얼굴을 가만히 바라본다.

홍지영은 친환경을 콘셉트로 이 행사를 기획했다고 여러 번 강조했다. 그러나 행사는 주최 측의 의지와 신념을 보여 주는 상징에 가깝다. 주력 사업을 홍보하고 기업의 탄탄함을 과시하는 마케팅의 일종이랄까. 홍지영이라고 모를 리가 있을까. 사실 진짜 친환경이라면 이런 행사는 애초에 시도도 하지 않아야 한다. 택시 기사의 말대로, 친환경 도시라는 태진시

172

설립 역시 기획조차 되지 않았어야 했다. 그러나 아무런 이벤트도 없다면 건설회사들과 부동산은 활기를 띨 기미조차 보이지 않겠지. 아무런 행사도 진행하지 않는다면 친환경 에너지와 관련된 기업과 정부 관계자들이 모이는 자리도 만들 수 없겠지. 돈을 굴리고 기업을 홍보할 활로 개척에 허덕이겠지. 그럼 내 일자리도 없어지겠지.

"그러시죠."

임강이는 짧은 숨을 토해 내며 서류를 정리했다. 회의가 끝났다. 어떻게든 또 한 고비를 넘겼다. 다음의 일은 다음 시간의 자신에게 맡기면 된다.


유속이 빨라질수록 흐르는 물이 강하게 반원통의 플라스틱 접합 부위를 자극한다는 사실을 가장 먼저 발견한 건 무대감독이었다. 그는 상황을 파악하자마자 물리학을 전공한 친구에게 전화를 걸었는데, 친구는 물레방아 폭과 상단 수로의 직경, 낙차 높이 등을 진지하게 되물어 오히려 그를 혼돈에 빠뜨렸다. 그가 선택한 방법은 임강이에게 연락하는 거였다.

"이거 플라스틱. 아무래도 자문받아 보는 게 좋을 것 같은데?"

"뭐가 문젠데?"

"회의 때 제안한 U자형 통은 만들기가 힘들 것 같아. 돈을 좀 들여서 건축 사무소에 자문을 받아 보는 게 좋지 않을까?
600~700이면 된대."

"뭘 돈을 주고 자문씩이나 받아."

목소리가 생각보다 크게 나갔다. 그렇지 않아도 물레방아
때문에 예산이 마이너스인데 또 가볍게 몇백만 원 날리자는
소리였다. 백재현이 송라희 앞에서 고개를 조아리던 장면도
스쳐 지나간다. 서글서글한 눈으로 커피를 사다 나르며 능청
을 떨던 백재현의 모습도 스쳐 간다. 울분이나 슬픔보다 짜증
이 난다. 임강이는 입술을 꾹 깨물며 마지막 선택을 한다.

"그럼 전체 말고 조각을 써."

"조각을 붙여서 길을 내자고?"

"안 될 거 뭐야."

"그래도 태형과 호텔에 상황을 공유하고……."

"됐어. 그건 기획 설치 파트니까 우리가 알아서 하면 돼. 연
결 부위에 실리콘 같은 걸로 이중 삼중 떼우고 그 옆에 중간
크기의 돌멩이를 쌓아 단단하게 고정하는 식으로."

"야, 푼돈 좀 아끼려고……."

임강이는 더 이상 말을 듣지 않고 전화를 끊었다. 겨우 이
삼 일 할 행사. 어떻게든 방법은 있을 거라고 생각하면서, 복
잡해지는 마음을 접어 눌러 버렸다.

적막이었다. 이곳에는 하늘도, 바람도, 별도 없다. 낮인지 밤인지도 알 수 없고 향기나 생물의 움직임도 없다. 벽 뒤로 멀리서 자글거리듯 소음이 들려왔지만 이내 잦아들었다. 강혜원이 작게 낸 '아' 소리가 입 주변을 맴돌다 깊은 어둠 속으로 빨려 들어갔다.

강혜원은 카펫이 깔린 바닥에 웅크리고 앉아 공간의 쓸모에 대해 생각했다. 행사가 없는 이틀 동안 아무도 찾지 않는 곳이었다. 사실은 그게 강혜원이 이곳을 찾아오는 이유였다. 행사가 없는 동안 강혜원은 시간이 날 때마다 연회 홀 한 켠에 웅크리고 앉아 자꾸 안쪽으로 모여드는 어둠을 지켜보다 가곤 했다.

정작 행사가 시작되면 강혜원은 연회 홀을 거의 찾아오지 않았다. 아무도 호텔리어를 찾지 않는 행사를 하는 것은 강혜원의 원칙이자 목표이기도 했다. 필요한 모든 것이 완벽하게 준비된 행사는 호텔리어를 찾을 필요가 없는 채 끝나기 마련이었다.

회색 다이어리 앞에 놓인 휴대폰 화면이 갑자기 밝아지면서 유란의 웃는 얼굴 위로 메시지가 띄워졌다. 출발을 알리는 업체들의 메시지였다. 강혜원은 휴대폰 손전등 기능을 켜고 차디찬 벽을 더듬어 익숙한 촉감의 플라스틱 버튼을 찾아 눌렀다. 탁탁 소리를 내며 중앙 전등 한 열이 줄을 맞춰 켜졌다. 의자 몇 개가 포개어진 채 아무렇게나 벽에 기대어 있는 걸 빼고는 텅 빈 창고 같았다. 지나치게 조용하고 차갑고, 정말이지 아무런 쓸모가 없어 보였다.

빈 곳에 향과 색을 불어넣는 게 강혜원의 일이었다.

강혜원은 행사가 시작되기 몇 주 전부터 허브 향의 에센셜 오일과 꽃향 제품들을 섞은 특수 제작품을 주문해 두었다. 발품을 팔아 백화점과 공방을 찾아다녀 고른 향이었다. 친환경 제품은 가격이 두세 배 더 비쌌지만 이번 행사에 인공적인 향기가 퍼지게 할 순 없었다. 태형의 행사가 환경 친화적이라는 말의 진짜 뜻은 행사 자체가 환경 친화적이라는 게 아니라 행사가 표방하는 이미지가 그렇다는 거였다. 연회 홀에 꽃만 두어서는 꽃향기가 돌지 않는다는 사실, 나무만 두어서는 숲의 향기가 돌지 않는다는 사실을 강혜원은 잘 알았다. 인간은 보는 대로 믿는 법이다. 꽃을 보면서 공기 중에 떠도는 향이 눈앞에 보이는 꽃에서 나는 것이 아니라 제조한 향수라는 걸 눈치채는 사람은 극히 드물다. 홀 안의 사람들은 통제된 상황 속에서 최적의 아늑함을 느낀다. 그제서야 공간에도 쓸모가 생겨난다.

강혜원은 거절의 뜻으로 고개를 흔드는 박윤수에게 읍소했다. 강화유리 두께의 플라스틱이면 안전을 보장받을 수 있다고, 원통형으로 바닥을 단단히 만들었으니 카펫이 젖을 일도 문제가 생길 일도 없을 거라고, 십수 년 연회 홀만 상대해 봤다고 으름장을 놓았다. 연회 홀만 여덟 개에 객실이 자그마치 477개나 예약된 행사인 거 알지 않느냐고, 호텔에 이득이 되지 않을 수 없다고, 그렇게 설득했다.

박윤수는 끝까지 이 행사를 인정하지 않았다. 실무 회의에 한 번도 참가하지 않는 방법으로 박윤수는 자신의 뜻을 보여 주었다. 본부장은 '반드시 성공'이라는 조건을 달며 말했다. 책임도 성패도 강 지배인 몫이야. 그 후로 선 차장도 백 오피스의 사람들도 박윤수도 신경이 이쪽으로 돋아 있다. 무심한 듯 보이지만 바짝 세운 촉수를 매 순간 쉽게 느낄 수 있다. 자신의 쓸모를 입증하는 것 말고는 이 아득한 상황을 헤쳐 갈 더 좋은 방법이 없다.

가장 먼저 연회 홀로 들어온 건 시냇물 아래 깔릴 12밀리미터 두께의 플라스틱판이었다. 카펫 위에 깔아 물길을 만드는데 사용될 것이었는데 포장된 박스가 TV 박스처럼 세로로 길고 얇았다. 안쪽으로 굽어지게 마감이 되어 있는 원통이라면 저럴 리가 없을 텐데. 강혜원은 자기 몸보다 큰 박스를 세로로 벽에 세우고 박스 틈에 붙여진 테이프를 칼로 찢어 열었다. 완충재로 쓰였던 스티로폼이 한꺼번에 튀어나와 강혜원의 몸과 바닥으로 쏟아져 내렸다. 먼지와 스티로폼 부스러기에 콜록대는 강혜원을 본 설치 기사가 달려와 강혜원이 잡고 있던 박스를 잡았다. 재킷과 셔츠에 붙은 것들을 털어 내며 강혜원이 배송 내역서를 좀 봐야겠다고 말했다.

업체를 통해 받은 내역서에는 무광의 투명 플라스틱판 스물네 장과 특수 제작된 곡선판 여섯 장이 거래되었다고 적혀 있었다. 강혜원은 손으로 매만져 플라스틱의 두께를 가늠해 보다가 임강이에게 전화를 걸었다.

"다른 물건이 도착했어요."

"아, 어떤 점이요?"

어떤 점이라.

"원통 패널이 아니라 붙여서 쓰는 조각 패널이 왔어요. 뭔가 주문이 잘못 들어간 것 같은데요?"

"아, 그거라면 제가 확인해 보고 다시 연락드리겠습니다."

임강이의 목소리가 태연한 점이 마음에 걸려 강혜원은 순간 고개를 살짝 비틀며 생각에 잠긴다. 상황이 바뀌었구나. 비대칭적인 정보가 자신의 입을 통해 전달되어 좋을 게 없을 때 강혜원도 그 문장을 자주 쓴다.

확인하고 연락드리겠습니다.

강혜원은 시간이 없다는 걸 직감했다. 행사의 큰 줄기를 변화시키는 게 불가능할 만큼 행사는 가까이 다가왔고 이제 새로운 재료를 만들거나 구상할 여유가 없었다. 있는 재료로 판을 짜자니 방법은 이어 붙이기밖에 없었다. 배달된 박스들이 다 열리고 투명 플라스틱을 가로로 길게 놓자 시냇물의 긴 줄기가 잡힌다. 임강이가 짠 시나리오가 이거로구나.

상황에 감정을 덧대는 건 사치였다. 강혜원은 본능적으로 할 일을 찾아 움직인다. 침착하고 재빠르게 상대의 니즈를 캐치하고 해결 방안을 찾아내는 건 박윤수에게 배운 서비스 정신이었다. 일 잘하는 호텔리어들은 카운터파트가 눈치를 챌 틈을 용납하지 않는다고 했다. 한 수를 멀리 내다보고 벌어질 일을 미리 계산해 두는 거였다. 이미 벌어진 문제에 대해서는 책임을 논하는 일이 하등 의미가 없다는 것도 박윤수의 논리였다. 방법을 찾는 게 신경질을 부리거나 화를 내는 것보다 무조건 우선이었다. 윽박지르던 클라이언트들도 대안이 있다는 걸 알려 주면 대다수는 화를 멈추고 생각을 하게 된다. 그리고 제안한 방법 이상으로 좋은 해결책이 없다는 것도 알게 된다. 강혜원이 함께 일하며 본 홍지영은 어떤 상황에서도 침착하게 해결 방법을 찾는 방식으로 일하는 사람이었다. 합리적으로 대안을 찾아 제시하면 홍지영은 납득할 것이 분명했다. 그러니 누가 생각해도 최선인 방법을 찾는 것이 지금 강혜원에게 주어진 과제였다.

혜원은 물레방아 접합을 지켜보다가 서류 작업을 위해 일단 백 오피스로 내려가기로 한다. 돌아서자 관목들이 연회 홀로 들어오기 시작한다. 작업자들과 가벼운 인사를 나누고 홀을 가로질러 걸어 나온 후에 백사이드를 연다. 모두들 퇴근했는지 지하 백 오피스는 컴컴하다.

손목시계는 벌써 10시 30분을 넘기고 있다. 아이는 잠들었을 테고 호준은 식탁에 앉아 홀로 술을 하고 있을 시간이다. 아이는 어린이집에 잘 다녀온 걸까, 오늘은 뭘 입혀 보냈을까, 아이들 앞에서 기죽지는 않았을까. 요즘 강혜원은 아기가 생각날 때마다 오래전 자신의 엄마를 함께 떠올린다.

말기암 환자가 된 어머니는 병상 옆에서 공부하는 딸을 못 견뎌 했다. 그랬으니 모의고사 전날 병상 옆에서 공부하던 강혜원에게 끈질기게 독서실로 가라는 소리를 해 댔을 것이다. 이상하게 시간이 지날수록 그날의 감각은 더 생생해지기만 한다. 그날따라 한가하던 병동, 별일 없을 테니 서너 시간만 집중하고 오라던 어머니의 말, 그러라고 괜찮다고 등 떠밀던 옆 병상 어른들의 목소리.

네가 잘되면 나는 아무래도 좋다.

그게 유언이 될 거라고는, 어머니가 그대로 아무런 말도 없이 눈을 감아 버릴 거라고는 생각하지 못했다. 독서실에서 깜

빡 잠이 든 강혜원이 병원에 달려왔을 때 어머니는 이미 숨을 거둔 뒤였다.

네가 잘되면 아무래도 좋다.

그 말은 보이지 않는 매듭처럼 평생 강혜원의 발목을 묶었다. 어머니가 말한 '잘되는 것'에는 합의된 기준이 없어서, 그 말은 붙들어야 하는 뜬구름처럼 추상적이었지만 또 근거 없이 구체적으로 강혜원의 심장을 조여 대곤 했다.

아이에게는 미안한 말이지만, 누군가는 낳아 길러 모성애가 있는 동물이라면 이럴 수 없다고 하겠지만 혜원은 아이를 키우며 사는 생활에서 재미를 느끼지 못했다. 거기에는 성공을 가늠할 잣대가 없는 것처럼 보였고 혹시나 아이가 좋은 교육을 받고 좋은 대학을 가고 좋은 곳에 취직하는 게 성공이라면 지금까지 자신에게 부어 온 노력이 억울했다. 아이를 낳았거나 낳아 보지 않은 사람들은 막상 아이를 낳으면 마음이 달라질 거라고 조언했고 그 말은 오히려 아이를 낳는 순간까지 강혜원을 두렵게 만들었다.

막상 태어난 아이는 너무 작고 약했다. '맘마', '그렇지', '잘한다' 같은 말을 하루종일 반복하며 강혜원은 꾹꾹 욕구를 눌렀다. 그런데 휴직을 끝내고 복귀를 하면서 터져 버렸다. 더 이상은 육아에 시간과 모든 에너지를 쏟고 싶지 않았다.

어째서 그러면 안 되는가. 어째서 엄마들은 더 이상 내가 아니라 아이를 위해 강해져야 하는가. 강혜원은 누구든 진지하게 붙잡고 물어보고 싶었다.

회사로 돌아온 뒤에 강혜원은 최선을 다해 할 수 있는 일을 했고 누가 하지 않으려는 일도 도맡아 했다. 그럴 때마다 당연히 어머니의 마지막 말이 생각났다.

어머니 나이대의 여성이 호텔에 들어오는 게 눈에 띌 때, 어머니가 즐겨 입던 옷차림을 보거나 어머니와 비슷한 얼굴을 한 사람을 볼 때, 그럴 때마다 강혜원의 마음은 미어질 듯 아렸다.

네가 잘되면 자기도 좋을 거라던 어머니는 정작 여기에 없다.

그러니 차라리 딸 유란에게 강혜원은 아무것도 아니었으면 좋겠다고 생각한다. 혜원은 딸이 아무렇게나 살았으면 좋겠다. 우아하거나 고상하지 않아도 되고 힘들여 성공하고 싶지 않으면 그러지 않아도 되니 아무렇게나 살아 행복했으면 좋겠다. 엄마가 전부라고 생각하는 딸은 엄마를 잃으면 평생 고통 속에 살 테니까.

나와 너는 다른 존재라는 걸 딸이 인정해 주었으면 좋겠다. 하지만 자신이 없다. 내 마음이 확실하다고 딸의 마음이 같을 리 없다. 딸의 마음을 물어본 적도 없다. 생각 끝에 강혜원은 이런 엄마가 없으리란 법이 없다고, 결국은 아이도 이런 엄마를 인정하고 자랑스러워해 줄 거라고 생각한다. 그리고 바로 그 생각이 다시 강혜원의 발목을 비틀어 묶어 버린다.

복도를 내려가다가 유난히 반짝반짝하게 닦인 백 오피스 현관문 옆 메탈 벽에 비친 자신의 얼굴을 보며 강혜원은 걸음을 늦춘다. 그 얼굴을 뚫어지게 바라본다. 대체 누구를 위해 하는 일일까, 무엇을 위해 사는 삶일까. 강혜원은 생각하다가 시선을 떨구고 차디찬 문고리를 돌려 문을 연다.

혜원의 자리에만 스탠드가 환하게 밝혀져 있다. 안쪽으로 들어가 받아 온 영수증들을 꺼내 두고 필요한 서류철을 모아 가져온다. 새벽에 들어올 자재들을 한 번 더 확인하면서 구두를 벗어 슬리퍼로 갈아 신는다. 어깨와 등 근육이 단단하게 뭉쳐 온다. 정형외과에 가 보자고 한 게 벌써 몇 달째인 것 같다. 이 일이 끝나면 가 봐야지, 그 생각도 벌써 수십 번쯤 한 것 같다. 전화가 오는 것 같아 휴대폰을 꺼낸다. 무대 위치와 연단 막음새와 부자재 실리콘을 확인해 달라는 연락이다. 통역 부스업체의 부재중 통화도 세 건이나 찍혀 있는 게 여기 더 있다가는 진도가 전혀 나가지 않을 기세다. 배에서 꼬르륵 소리가 난다. 빠르게 신발을 갈아 신고 서랍을 열어 작은 초콜릿 두어 개를 손에 집히는 대로 빼낸 후에 완전히 닫을 새도 없이 자리를 빠져나온다.

그랜드 볼룸을 향해 한 발 한 발 내밀어 계단을 오를 때마다 어깨의 통증이 벽돌처럼 쌓이는 느낌이 든다. 쿵쾅거리는 작업 소리가 가까워지고 휴대폰 진동 소리도 끊임없이 들려온다. 강혜원은 백사이드를 통한 문을 지나 길고 좁은 계단을 올라간다. 클라이언트와 손님들의 시선으로 무대를 마주하려면 그랜드 볼룸 입구로 들어가 봐야 한다. 계단 끝에 다다르자 숨이 차오른다. 문을 열자 호텔 로비를 지나가는 사람들이 보인다. 차가운 대리석 바닥에 강혜원의 구두 굽이 마주 닿으며 날카롭고 단단한 소리를 낸다. 호텔 현관에 들어서는 사람들은 얼마간 들뜨고 약간은 흥분한 발걸음이다. 로비를 돌아 그랜드 볼룸 입구에서 크게 숨을 한 번 쉬고 문을 열어젖힌다. 눈이 부시게 환한 LED 빛이 불에 타고 남은 재처럼 쏟아져 내린다.

설치가 한창인 행사장에는 인부들이 정신없이 오가는 중이었다. 바로 눈에 들어온 건 물레방아였다. 나무로 만들어진 물레방아 조각들이 하나둘 조립되는 중이었다. 무대는 물레방아가 끼어들 수 있을 정도의 두께로 왼쪽 한 부분이 잘려 나갔다.

플라스틱 용접기사가 마침 홀 바깥으로 나가는 중이다.

"문제는 없나요?"

"이거 뭐, 하루이틀 합니까? 괜찮습니다. 튼튼하게 만들면

3~4일은 너끈히 갑니다."

용접기사의 말에도 안심하지 못한 강혜원이 안으로 들어가 접착된 플라스틱 표면을 찬찬히 들여다본다. 어느 샌가 문 지배인이 홀에 들어온다.

"뭐 하러 여기 있어? 어서 퇴근해."

"선배님 퇴근 안 하셨길래 들러 봤어요."

"그럼 가서 홀에 음악이나 좋은 걸로 틀어 봐."

문 지배인이 작게 고개를 끄덕이며 말한다.

"선배님이 원하시면 제가 또 바로 합니다. 행사 중도 아닌데 케이팝 어떠십니까."

"부지배인님 조심해라."

농담이었던 강혜원은 웃었는데 문 지배인의 얼굴은 약간 일그러진다.

"선배님, 그거 들으셨어요?"

눈짓으로 뭐냐고 묻는 강혜원에게 문 지배인이 가까이 다가온다. 후배들 사이에서 퍼지는 소문은 늘 무섭다.

"부지배인님 첼로 연주 엄청나게 잘하신다던데요?"

"알아. 유일무이한 취미랄까."

"취미라기엔 수준급이라던데요?"

"수준급이면 뭐, 어쩔 거야."

"연주자가 어릴 적부터 꿈이셨다던데, 아셨어요?"

185

"잘한다 부추기지 마. 그렇지 않아도 요즘 시향 레슨 받으면서 눈이 더 높아지셨어. 그러다 일 그만둔다 하실지 몰라. 총지배인 돼서 후배들 끌어 주셔야 하는데."

"그죠. 부지배인님 실력이면 총지배인 곧 달고도 남지."

문 지배인이 홀을 빠져나가는 걸 보고 있다가 강혜원은 들고 있던 체크리스트를 펼친다. 강혜원이 없는 동안 기획사에서 사람들이 왔다가 요기할 거리를 사 오겠다며 나갔다는 말을 전해 듣는다. 옆에 있는 작은 연회 홀에 사무국 만드는 작업이 자정부터 시작된다는 소식도 듣는다. 오케이. 작은 목소리로 확인 사인을 보낸 후에 강혜원은 물레방아를 좀 더 자세히 보기 위해 무대가 있는 안쪽으로 걸어 들어간다. 무대로 쓰일 합판 위에서 강혜원은 큰 숨을 한 번 들이켰다.

백월 LED와 무대 아래 물길 설치, 장비와 통역 부스 설치, 음향 조정과 자잘한 인테리어. 모두가 자신의 자리에서 부지런히 할 일을 하는 중이었다. 빛이 찬란할수록 뒤에서 준비해야 하는 일은 많은 법이다. 빛나야 하는 것이 빛나도록 만드는 게 자신의 일이라는 걸 강혜원은 잘 안다. 강혜원은 연단 중앙에 서서 간절한 마음으로 행사장을 내려다본다.

행사를 치르는 기분이 어떠냐는 홍대성의 물음에 홍지영
은 뭐라고 해야 하나 망설였다.

행사 일자가 다가올수록 신경은 날카로워졌고 해야 할 보
고는 넘쳐 났다. 거대 조직에서는 보고가 가장 크고 무거운
일거리였다. 보고를 위한 보고도 많았다. 기획실 과장, 차장,
실장 보고는 물론이고 차장급과 함께 가는 홍보실, 예산실
같은 실 단위 보고, 실장급과 함께 가는 각 본부장실, 부회
장실 보고까지 매번 보고서를 새로 만들어야 했다. 보고하러
가는 길에는 발과 입술이 퉁퉁 붓고 보고를 마치고 나오는 길
에는 온몸이 천근만근이었다.

부서마다 이해관계가 달랐지만 요구를 종합해 보면 목적
은 분명했다. 행사를 통해 자신들이 하는 고유 업무를 최대한
실현하는 거였다. 홍보실은 기업을 더 잘 드러내도록, 예산실
은 예산을 규정에 알맞고 효율적으로 쓰도록, 각 사업 본부
장들은 어떤 인사들이 오는지 체크해서 사업 파트너로 만들
려고, 부회장은 그룹이 주주들에게 더 돋보이게 하려고 홍지
영을 닦달했다. 새로운 벽에 부딪힐 때마다 오균성이 생각났
다. 오균성이 있었더라면 오균성이 했을 일이었고 오균성이라
면 홍지영처럼 바보같이 서 있다 오는 일은 없을 터였다. 그는

나쁜 사람이기보다 그저 자신만의 방법으로 이 세계에 적응한 사람이 아니었을까. 미팅을 끝내고 돌아오는 길에는 그런 생각을 자주 했다.

그 말을 들은 홍대성은 한숨을 쉬었다.

"이제 직장인이 되어 간다고 해야 하나. 물이 들어 버렸다고 해야 하나."

홍대성의 말에 홍지영은 어깨를 들썩이며 말했다.

"둘 다."

그보다 궁금한 게 있었으므로 홍지영의 눈은 금세 둥글고 순하게 변하며 뜸을 들였다. 홍대성의 채근에도 한동안 '음' 소리만 내다 겨우 입술을 뗐다.

"있잖아. 뭘 막 준다? 이거 뭘까?"

"뭘?"

"자양강장제 같은 거. 또 뭐, 샌드위치, 커피. 이런 거 말이야. 나한테 관심 있다는 사인 같은 거 아닐까?"

홍대성이 크게 웃으며 말했다.

"남자 얘기냐? 그 로버트인가?"

"알렉스거든."

"로버트든 알렉스든. 니가 애냐? 뭘 준다고 그 사람이 너를 좋아한다는 보장이 있냐?"

"아냐. 진짜라니까. 무선마우스 안 되는 거 알고 다음 회의 때는 마우스를 가져왔다니까."

홍지영은 불쾌해진 얼굴로 홍대성에게 말하고 있었다. 미간을 잔뜩 찡그린 채였다.

"마우스가 남았나 보지."

"또, 내가 곤란할 때마다 막아 줘. 방패막이처럼."

홍대성이 뻥튀기를 입에 넣어 씹으며 물었다. 입술 안쪽에서 바스락거리는 소리가 났다.

"흠. 너는?"

"응?"

"너는 그 사람에 대해서 어떻게 생각하냐고. 난 지금 벌어지는 상황을 니 쪽에서 듣고 있잖아. 미안한데 객관적으로 들으면 관심은 그 사람보다 니가 더 있는 거 같은데?"

관심이라니, 생각해 본 적도 없었다. 홍지영은 세상에 있는 단어 중에 자기 자신과 가장 어울리지 않는 단어가 연애 감정이라고 답했다. 홍대성은 그렇게 생각하지 않았다. 그걸 고민하는 것 자체가 일종의 징조라는 거였다. 징조라면 영화 속 세상이 멸망하기 전에 까마귀 떼가 하늘을 뒤덮거나 하는 그런 거 말인가.

"아니야, 그런 거."

"니가 고민을 시작했다는 것 자체가 이미 꽂힌 거라니까."

'꽂힌 거'라.

"있잖아. 왜, 무슨 심리 실험에, 높은 데나 위험한 다리에서 고백을 하는 경우에 성공 확률이 높았대. 그게 다 사람들이 착각해서 그렇대. 심장이 두근대니까 고백받는 사람이 착각을 하는 거지. 아, 내가 그 사람을 좋아하나 보다, 하고. 그러니까 난 지금 상황을 감정으로 착각하는 게 아닐까?"

홍대성이 입술을 쩝 다시며 고개를 가로저었다. 흘겨보지 말라는 뜻으로 홍지영이 턱을 내밀어 반항했다.

"그럼 고백을 해 봐."

"뭐?"

얇은 선홍빛 입술을 실룩이며 홍지영이 홍대성을 바라봤다.

"네 감정이 궁금한 거 아니야? 그럼 감정이 뭔지 밝혀야지. 고백을 해. 그 사람이 오케이를 할 때 막 설레고 그러면, 그럼 니가 그 사람을 좋아하는 거지."

"뭔 답이 그래."

어이없이 웃으면서 홍지영은 캔을 들어 생각 많은 얼굴로 맥주를 한 모금 마셨다. 알렉스의 말이 허공에 맴돌았다.

'아무렇게나 말해도 제가 알아서 잘 들어 드릴게요.'

이건 신호인가. 반응인가. 요즘 너무 피곤한 탓에 제멋대로 의도를 조작한 환상에 불과한가.

"넌 다예 씨 좋은 이유가 뭐야?"

"음."

홍대성은 가만히 제 누나의 얼굴에서 시선을 돌려 오른쪽 천장을 바라보다가 입술을 떼어 말한다.

"많지 않아. 딱 하나야."

홍지영의 눈이 동그래진다.

"예뻐."

홍지영이 코를 찡긋거리며 야유를 보낸다.

"야."

홍대성이 한수 가르치겠다는 듯 맥주를 한 모금 하고 큼 소리를 내며 목소리를 가다듬는다.

"누구한테나 예쁜 게 아니고 나한테 예쁘다고."

그 말을 들은 홍지영은 중얼거리듯 말한다.

"아, 나한테만 예쁘다고."

"어떤 대단한 사람이기에 일밖에 모르는 니 눈에 들어오냐?"

홍지영은 홍대성의 마지막 말을 들으며 뚫어질 듯 벽 쪽을 쳐다보다가, 맥주 캔을 입안에 대고 탈탈 털어 버렸다.

"너 이 자식아. 조건으로 사람을 재고 그러면 안 돼."

"뭔 개소리야. 누가 그 사람이 어떤 사람이냐고 물었어? 대단하다 이거지."

홍지영은 방 안으로 들어가는 홍대성을 빤히 보다가 혼잣말로 중얼거렸다.

이제 얼마 안 남았는데.

리허설과 본행사 정도가 남았을 뿐, 이제 그를 볼 날이 많지 않다는 사실이 홍지영의 머릿속에 들어와 먼지처럼 살포시 내려앉았다.

그날 홍지영은 거의 잠을 이루지 못했다. 한참 동안 이불을 뒤척이다가 다시 일어났다. 잠깐 지나가는 감정이라고 생각하며 다시 잠을 자려고 누웠다가 갑자기 벌떡 일어났다.

알렉스를 마지막으로 만난 건 행사 전 마지막 회의가 있었던 이틀 전이었다. 최종적으로 내일부터 한국으로 모여들 연사들의 항공편을 체크하고, 기념품과 각종 회의 장비를 체크하고, 기자재와 마이크와 통역 같은 것들을 점검하는 회의였다.

회의가 다 끝난 후에 알렉스와 임강이, 홍지영이 남았을 때, 임강이가 제안했다. 어차피 저녁 시간인데 함께 식사나 하러 가자고.

임강이가 고른 식당은 사람들이 이미 빠져나간 불고기 전골집이었다. 과거에도 몇 번 와 본 적이 있다고 했다. 사석은 아직 어색한 모두가 한동안 말없이 반찬으로 나온 김치와 맥주만 입에 넣고 있었다. 임강이는 혼자서 맥주와 소주를 1 대 1로 부어 먹는 중이었다. 무슨 말을 어떻게 해야 하는지 몰라 홍지영도 우물쭈물거리긴 마찬가지였다. 전골이 자작하게 익자 전골판 둘레로 작은 거품이 일었다.

임강이가 홍지영에게 물었다.

"홍 대리님은 그래도 그 정도 좋은 기업에 다니면 돈도 좀
벌 것 같고."

임강이가 그 말을 했을 때는 어느 정도 취기가 올라왔을
때였다. 열린 창틈으로 노래가 새어 들어오고 있었다. 봄이면
자주 들리는, 사랑과 설렘의 감정을 부드러운 선율에 녹인 느
긋한 남성 보컬의 목소리였다. 옅은 풀향기가 노래와 함께 밤
공기를 타고 흘러 들었다. 밤바람에 임강이의 긴 머리카락이
가볍게 흩날렸다.

"좋겠다. 회사 재정난에 내가 심란할 필요는 없잖아. 태형이
1년에 버는 돈이 얼만지 알아요? 내가 더 잘 알아. 20조, 20조."

홍지영은 어떻게 반응해야 할지 잘 몰라 고개만 끄덕였는
데, 알렉스는 홍지영에게 아무 말 하지 않아도 좋다는 뜻으
로 집게손가락을 입술에 살짝 갖다 대더니 고개를 끄덕였다.

"처음에 딱 봤을 때 무서웠거든. 나보다 어려 보이는데 너
무 무섭게, 착, 착 이런 눈으로 나를 노려보는 거야. 와, 저 여
자 뭐지? 했는데, 그 여자가 나한테 오더니 명함을 딱 줘. 그
러면서 말해, 발표 정말 잘 들었어요. 와 주셔서 감사합니다.
와, 나 감동한 거 알아? 와, 저 여자 멋있네, 멋있어. 근데 또
성격도 너무 맘에 들어. 뒤끝 없고 시원시원해."

임강이의 말소리가 끊기자 바깥의 노랫소리도 잠시 사라

지더니, 곧 이어 상큼한 여성 보컬의 목소리가 들리기 시작
했다. 이번에도 사랑을 시작하는 이의 마음이 담긴 곡이었다.
세상에 노래가 다 이런 것들 뿐이었다.

"홍 대리님 몇 달 사이에 되게 예뻐졌어요. 내가 그리고 우
리 알렉스한테서 이야기도 많이 들었지. 내가 회의에 알렉스
만 보냈잖아. 홍 대리님, 남자 친구 있어요?"

뜬금없는 질문에 홍지영이 고개를 번쩍 들었다. 알렉스는
고개를 숙이고 입맛을 다시는 중이었다. 어, 어. 홍지영이 말
을 잇지 못하자 술이 오른 임강이가 말했다.

"남자 친구는 없구나? 하하. 그럼 마음에 둔 사람은 있어요?"

어, 어. 홍지영이 다시 머뭇거리자 임강이가 하하 웃으면서
말했다. 술에 취해 목소리 톤이 자꾸 어긋났다.

"우리 알렉스가……."

알렉스가 임강이의 말을 급히 막으며 말했다.

"조용해. 지영 씨 당황하잖아."

창밖으로 나무에서 떨어진 꽃잎들이 바람에 나부끼는 모
습이 한눈에 들어왔다.

알렉스가 진짜 지영 씨라고 불러 준 건, 처음이었다.

지영 씨, 지영 씨. 지영 씨. 그 말이 홍지영을 완벽하게 사로
잡은 느낌이었다. 지영 씨.

홍지영은 침대에 누워 잠들지 못한 채로 다시 그때를 곱씹

었다.

만취한 임강이는 택시에 오르며 홍지영을 책임져 달라고 알렉스에게 부탁했다. 정말 괜찮겠냐고 홍지영이 다시 물었는데 임강이는 정말 괜찮다고, 조심해서 들어가라고 하며 알렉스에게 잘 부탁한다고 말하기까지 했다. 불콰해진 얼굴로 자꾸 실실 웃었다.

홍지영과 알렉스는 집에 가는 방향이 비슷했다. 홍지영이 버스를 타고 가도 괜찮다고 했다. 버스 정류장을 향해 걸으며, 둘 다 조금씩 마신 술기운 때문이었겠지만, 알렉스는 지영 씨가 용기 있는 선택을 해 주어서 고맙다고 말했다. 지영 씨가 아니었더라면 아티스틱이 없었을 거라는 말을, 다시 한번 고맙다는 말을. 하얀 배롱나무 꽃잎들이 바람을 타고 흔들거렸다. 여름 공기에 섞인 풀과 꽃의 달큰한 향이 홍지영의 콧속으로 기분 좋게 들어왔다.

그는 정말 그냥 고맙기만 했을까. 고작 고맙기만 했던 걸까. 그래서 오균성과 얽힌 추문에도 직접 대응해 주고, 지영 씨라고 불러 주고, 집까지 바래다줬던 걸까.

홍지영은 그날 밤 거의 뜬눈으로 밤을 지새웠다. 그런 적은 회사에 들어온 후 거의 처음이었다. 이제 그를 만날 수 있는 기회라곤 리허설과 행사 당일, 겨우 두 번 남은 상황이었다.

다음 날 홍지영은 점심 업무가 끝난 후에 호텔로 들어왔다. 우선 강혜원과 만나 연회 홀과 세미나실 준비 상황을 간단히 둘러본 후에 객실 상태를 함께 확인했다. 퀸스턴 로비에는 사람들이 한가로이 지나다녔지만, 지하 입구로 들어가는 문을 열자마자 작업복을 입은 사람들이 바쁘게 오가는 모습을 볼 수 있었다.

그랜드 볼룸에 가까워질수록 공기 중에 은은하게 깔린 꽃향기도 차츰 짙어졌다. 나무 사이에 꽃을 넣어 분위기를 화사하게 하면 좋겠다던 강혜원의 말이 생각났다. 연회 홀 앞쪽으로 꽃과 나무들이 단정하게 배열되어 있었다. 어차피 물 안에 들어가니 꽃과 나무들을 뿌리째 데려와 행사 내내 보고도 다시 살려 돌려 주었으면 좋겠다고 홍지영이 부탁했다. 기다란 아치형 문은 활짝 열려 있었고, 그 안으로 거대한 정사각형의 연회 홀에는 중앙 메인 무대와 아직 물이 차지 않은 플라스틱 웅덩이가 보였다. 회색과 아이보리색으로, 전체적으로 무거운 느낌을 주는 그랜드 볼룸 안쪽이 풀과 나무만으로 생기가 돌았다. 곧 리허설이라고 했는데 홀의 분위기가 리허설을 하기에는 어쩐지 산만해 보였다.

홍지영은 눈으로 계속해서 아티스틱 팀을 찾고 있었다. 공항에 도착한 참가자들이 등록을 마쳤을 때, 객실에 체크인할 때, 각 상황들이 메신저를 통해 전달되었다. 알렉스는 바쁘게 호텔 어딘가를 뛰어다니고 있을 것 같은데 어디에 있는 지는 찾을 수가 없었다.

애초에 개막식 리허설은 행사 전날인 오늘 아침쯤 시작할 계획이었다. 기자재 들이는 작업을 어제 오전에 끝내고, 음향과 기계 리허설을 저녁까지 마친 후에, 오늘 아침에는 시냇물을 직접 흘려 볼 계획이었다. 하지만 계획은 계획일 뿐이었고, 계획대로 되는 것은 없었다. 음향 장비가 제대로 작동하지 않는 바람에 일정이 미뤄지기 시작하더니 결국 리허설은 오늘 저녁이 되어야 할 수 있다고 했다.

강혜원은 홍지영을 16층 호텔 비즈니스 라운지로 안내했다. 어차피 한두 시간으로 끝나지 않을 것 같으니, 그곳에서 일단 필요한 작업을 하면서 쉬고 있으라는 거였다. 엘리베이터를 타고 올라가면서 강혜원이 물었다.

"거의 다 끝나 가네요. 하루이틀만 더 참으면 정말 끝나요."

"수고 많으셨어요."

"이제 시작인걸요."

홍지영은 대답 대신 웃음을 꺼내며 어떤 말을 할지 고민했다. 강혜원이 호텔 정원은 야경도 예뻐서 언제든 산책하기 좋다는 말을 하지 않았으면 침묵만 계속되었을 것이다.

"얼마 전에 말이에요, 잠깐 호텔에 왔던 날, 우연히 지배인님을 봤어요. 택시 앞에서 어떤 분하고 인사를 나누고 계셨는데."

아. 작게 소리를 내며 강혜원이 말했다.

"시어머니세요. 가끔 아이를 봐 주시거든요."

"아하."

강혜원이 살짝 웃었다. 홍지영은 시어머니 앞에서 숨을 죽이던 강혜원의 모습을 기억해 냈다.

"감사하죠."

강혜원은 별일 아니라는 듯 웃어넘겼다. 누군가를 평가할 때 강혜원의 표정은 이상할 정도로 무색무취다. 그게 회피인지 정말 아무 생각이 없는 건지 생각하는 동안 엘리베이터가 도착했다. 둘은 엘리베이터를 타고 16층에서 내려 복도로 나왔다. 강혜원이 불쑥 물었다.

"참, 근로자 대표 일은 잘되어 가세요?"

"기억하세요?"

"전에 오 과장님하고 말씀 나눈 거 기억해요."

"아."

거기서 자신의 역할이 뭔지 사실 잘 모르겠다고 말하고 싶었지만, 강혜원의 고요한 눈빛에 홍지영은 잠시 멈춰 섰다. 강혜원이 보기보다 생각이 많은 사람이라는 생각이 홍지영의 머릿속을 천천히 물들여 가고 있었다.

인왕산이 훤히 보이는 통유리창이 인상적인 라운지가 등장하자 시야가 갑자기 밝아졌다. 앞에 있던 지배인이 고개를

숙여 홍지영과 강혜원에게 인사했다. 안쪽에 간단한 스낵과
음료가 준비되어 있으니 언제든 이용해도 좋다고 말했다.

"아직은 서툴러요."

강혜원이 자리를 안내하며 홍지영에게 말했다.

"하시다 보면 해야 할 일을 자연스럽게 알게 될 거예요."

강혜원이 자리를 안내하고 세련된 몸짓으로 의자를 빼내
는 동안 홍지영은 강혜원에게서 눈을 떼지 않았다. 강혜원은
가볍게 웃으며 말을 이었다.

"경험이 많은 사람들에게도 처음은 있으니까요."

홍지영이 고개를 끄덕였다. 강혜원의 눈이 가늘게 퍼지며
따뜻하게 빛났다.

"걱정 말아요. 잘하실 테니까."

"잘할 수 있을지 모르겠어요. 오 과장님 일도 그렇고."

"그 정도면 훌륭하신걸요. 오 과장님 일을 보면 더 그렇고."

홍지영은 강혜원을 물끄러미 바라봤다.

"한 팀으로 일하게 되어서 영광이었어요."

'한 팀'이라는 말, 그 말만 홍지영에게 들어와 안기는 느낌
이었다.

"홍 대리님은 합리적으로 경중을 따져 가며 일해요. 들어
줄 건 들어주고 아니면 쳐 내죠. 의외로 많은 사람들이 못 하
는 거예요. 앞으로 더 잘하실 거예요."

클럽 라운지 안쪽으로 다과와 음료가 있으니 편하게 이용하시라는 말을 남기고 강혜원은 자리를 떠났다. 홍지영은 눈을 꿈뻑이며 강혜원의 뒷모습을 지켜봤다.

의심하지 않으면 믿어진다.

강혜원이 떠난 자리 뒤로 보이는 건 한쪽 구석에서 노트북을 열고 전화를 받는 알렉스였다. 연사들의 상황을 체크하는 중이었다. 옅은 푸른색 셔츠를 차려입은 알렉스의 뒷모습을 홍지영은 뚫어질 듯 바라봤다. 홍지영이 천천히 알렉스에게 다가가 어깨를 건드리려고 하는 순간, 알렉스가 벌떡 일어나 돌아보더니 홍지영을 발견하고는 생각지 못한 사람을 마주쳤다는 듯 온몸이 굳은 채 서 버렸다.

할 말을 잃고 망부석처럼 서 있는 알렉스의 모습이 너무 이상해서 홍지영은 레드선이라도 외치고 싶은 심정이었다.

5장

클라이언트가 행사의 부족한 점을 알아차리는 건 기획사가 가장 꺼리는 일이다. 행사가 얼마나 잘 치러지느냐보다 중요한 건 클라이언트와의 관계이기 때문이다. 클라이언트에게 부족한 면을 여과 없이 보였다간 앞으로 일거리가 사라질 수 있다. 임강이는 알렉스에게 최대한 조심히 내려와서 일을 거들어야 한다고 조언했다.

홍지영을 피해서.

알렉스는 홍지영을 50층으로 안내했다고 연락해 왔다. 굿잡. 실리콘 케이스와 플라스틱들이 너저분하게 깔린 행사장에 홍지영이 나타나는 것보다야 연회 홀로 가는 게 나았다. 연회 홀 행사의 지분은 호텔이 더 많으니 무언가 부족한 점이 있다면 기획사가 아니라 호텔이 커버할 것이다.

나름 기지를 발휘했다고 생각하며 임강이는 리허설 후에 물이 빠진 플라스틱에 실리콘을 두텁게 바르고 있던 백재현을 지나쳐 행사장을 빠져나와 사무국으로 들어갔다. 뒤엉킨 짐 사이를 밟고 지나가 컴퓨터에 프린터를 연결하고 인터뷰 요청문을 뽑아 언론사별로 정리했다. 질문서에는 러시아-유럽 파이프 공사나 중러 에너지 외교에 관련된 질문이 빼곡하게 담겨 있었다. 쉽지 않은 단어들로 가득 찬 질문서를 들고 사무국을 나섰다.

이렇게 하면 정말 기후변화가 좀 누그러지나. 난다 긴다 하는 사람들이 모여서 이야기 좀 하면 환경에 좀 도움이 되나 생각하면서.


50층 소규모 연회 홀에서 20분 뒤에 열리는 VIP 웰컴 리셉션에는 글로벌 에너지 대표 기업들과 각국 석유화학 기업 대표들, 산업공학과 경영학 전공 교수들, 각국의 주한 대사들이 참석하기로 되어 있었다.

강혜원의 손을 거친 연회 홀은 한참 전에 손님 맞을 준비가 끝난 듯 평온했다. 다섯 평짜리 홀 두 개를 가로막은 벽을 트고 위화감을 없애기 위해 중앙을 플라워 피스로 장식했다. 출입구 한쪽에 방명록이, 반대쪽에는 잘 정돈된 핑거푸드 섹

션이 마련되어 있었다. 앞쪽에는 타르트와 샌드위치, 타다키 같은 차고 간단한 스낵류가, 안쪽에는 미니 파스타볼, 콘치즈 같은 따뜻한 음식들이 배치되었다. 벽 한쪽에는 칵테일 바 위에 다양한 색상의 음료가 다양한 크기의 잔과 함께 준비되어 있었다. 호텔의 음식은 음식 자체로만 빛을 발하는 게 아니라 분위기와 공기를 함께 들이키며 즐길 수 있도록 마련되어야 한다고, 호텔리어들은 콩 한 조각도 제멋대로 굴러다니게 두지 않는다고 말하던 강혜원의 표정이 떠올랐다.

만반의 준비를 마친 후에 강혜원은 소리 없이 사라져 나타나지 않았다. 임강이는 또 어디선가 불편한 점이 생기면 다시 소리 없이 강혜원이 나타나 일을 처리하고 사라져 버릴 걸 안다. 백 오피스는 모습을 감춘 채 일이 잘 굴러가도록 돕는다. 지금도 어디선가 수많은 눈들이 행사 준비를 지켜보고 있을 것이다. 임강이는 바닥에 찍히지 않은 그들의 발자국을 마음에 새기며 리셉션 구석구석을 바라봤다.

전화를 받던 홍지영이 분주하게 자리를 빠져나갔다. 엘리베이터 입구에서 산업부 국과장과 기업 사람들을 의전하는 것은 홍지영의 몫이었다. 좋은 점수를 따기 위해 가장 신경 써야 하는 파트였다. 그사이에 임강이는 사무국에서 정리해 놓은 서류에 적힌대로 VIP 기념품들을 체크했다. 역시나 강혜원은 생각보다 훨씬 깔끔하게 기념품을 진열해 두었다. 하

나둘 손님들이 홀 안으로 들어오고 홍지영도 무리에 섞일 때
쯤 임강이는 빠른 걸음으로 조심스럽게 자리를 빠져나왔다.
강혜원이 똑같은 걸음으로 복도로 나오고 있었다. 임강이가
가볍게 고개를 숙여 인사하자 강혜원도 목례한다. 홀 천장으
로 눈을 돌리는 걸 보니 홀 내 조명과 온도를 체크하러 온 것
같다.

임강이는 소연회 홀이 모여 있는 호텔 2층으로 내려가 회
의장 세팅을 확인하고, 현수막과 현판 LED를 확인하고, 리셉
션으로 가서 직접 객실을 예약했던 손님들의 체크인 상황도
점검했다. 틈틈이 50층 웰컴 리셉션 홀의 음악 크기 같은 것
들을 체크했고 그사이에 강혜원으로부터 공항에서 출발하는
연사들의 도착 소식도 전해 들었다. 연사들이 들어올 때마다
식성, 비서에게서 전달받은 특이점, 주의 사항이 임강이에게
따로 전달되었다.

스케줄표의 마지막 줄에 있던 연사가 체크인을 마치고 객
실로 올라갔다는 소식을 들었을 때에야 임강이는 발길을 지
하로 돌렸다. 신경 써야 할 것들의 수만큼 몸의 세포들도 긴
장으로 꼿꼿이 몸 안에 선다.

아치형 원목 문이 옆으로 활짝 열린 채 고정되어 있고 연
회 홀 안쪽은 불이 모두 꺼져 있다. 거대한 홀에 소리도 향도
없이 희미한 불빛만 흘러나온다. 손바닥만 한 조명에서 새어

나온 연한 보랏빛이 플라스틱 면을 타고 은은하게 퍼진다. 징검다리로 만든 돌 사이에 박힌 전구에서 나온 푸른빛은 천장으로 자연스럽게 쏘아 올려진다.

백재현은 행사의 '예술성'으로 회사의 독창성을 얻고 싶어 했다. 그건 인터스에도 없는 능력이라고 강조했다. 새로운 것, 낯선 것, 아름다운 것. 그것이 그가 말하는 예술성이었다.

불문학을 전공한 뒤에 업계로 들어온 영국계 교포 알렉스와 컨벤션을 전공한 임강이를 들인 것은 둘의 하모니가 독창성을 만들어 낸다는 대표의 생각 때문이었을 거다. 융합이 아티스틱한 거라면 그는 어느 정도 성공을 했고 심지어 지금은 임강이의 아이디어로 만들어 낸 무대가 눈앞에 있었다.

임강이가 그런 생각을 하는 사이 백재현과 알렉스가 다가와 투명한 막과 물레방아를 찬찬히 들여다본다. 진중한 눈으로, 귀한 것을 만지듯 조심조심 다루며, 나긋나긋하게 대화하며 조용히 아크릴판을 따라 걷는다. 저들과 이렇게 계속 싸워가다 보면 언젠가 답을 찾을 수 있을지도 모르겠다. 내가 이 일을 계속해야 하는 이유.

그들을 뒤쫓아 아크릴판 사이를 걷던 임강이는 피곤한 몸을 이끌고 사무국으로 들어가 남은 일을 마저 시작하려다가 그대로 엎드려 잠들어 버린다.

일어났을 때는 샐러드와 김밥이 임강이 옆에 놓여 있었다.

양치할 칫솔 치약과 갈아입을 새 유니폼도 함께 두고 간다는 알렉스의 쪽지가 남아 있다. 백재현이 구해다 놓은 것들이라고도 적혀 있다. 임강이는 크게 한숨을 쉬며 일어난다. 일을 하는 이유 따위 사실 잘 모르겠다고 생각한다. 그러면 뭐 어떤가 생각한다. 이들과 함께라면 어떻게든 되지 않을까 하는, 그런 허황된 마음이 샘솟아 어제 돋았던 짜증이 머쓱해진다. 비현실적인 용기가 무모하게도 다시 에너지가 된다.

개막식이 오전 9시라는 건 스탠바이는 8시라는 뜻이다.

8시 스탠바이 두 시간 전에, 행사를 준비하는 거의 모든 스태프가 홀에 모여든다. 임강이가 준비된 정장을 입고 구두를 신고 행사장에 도착했을 때 강혜원은 이미 행사장에서 플라스틱 반원통의 접합력을 시험해 보고 있었다. 예산 걱정에 두께를 2밀리미터 얇게 처리했고, 예민한 강혜원이 그것을 알아차리지 못했을 리 없다. 간단히 인사를 마친 후에 임강이는 그 옆에 섰다. 수통에서 물이 떨어지며 물레방아가 천천히 돌기 시작한다. 흐르는 물이 고여 있는 물과 만나 플라스틱 바닥을 타고 부드럽게 흐른다. 흐른 물이 곡선의 시냇물 반원통을 길게 돌아 다시 무대를 향해 온다. 고개를 가볍게 끄덕이며 강혜원이 말하고 돌아섰다.

"다들 각자 자리로 가죠."

각자의 자리로. 임강이는 안내 데스크로 들어가 명찰, 참가자 기념품, 행사 전 차담회에 쓸 VIP 명패를 챙기기 시작했다. 알렉스는 운영 요원들 오리엔테이션을 마친 백재현에게 연사 준비 상황을 간단히 보고했다. 임강이는 통 안쪽으로 들어가 연회 홀 한가운데 서서 마지막으로 세팅을 점검했다. 인이어를 고쳐 쓰다 송라희를 발견한 임강이가 꾸벅 인사를 한다. 송라희는 붉은색 긴 치마 차림이다.

조명, 음향, 엔진, 헬퍼, 스탠바이.

인이어 한쪽에서 소리가 들려왔다.

참가자 들어가십니다.

물레방아가 작동을 멈췄다. 행사 진행을 위해 마련된 LED 시계가 콘솔 안에서 작동하기 시작했다.


9시.

차담회를 마친 손님들이 홀로 들어왔다. 진행 요원들이 그들을 무대로 안내했고, 참석자들이 10인용 원탁의 의자에 앉기 시작했다. 양쪽의 커다란 화면 속 원격 참가자들도 정장을 차려입고 행사를 기다린다. 시냇물을 보고 신기해하는 사람들도 있었다. 더러는 물 안에 손을 넣어 보기도 했다. 강혜원이 뿌듯하게 그 모습을 지켜보는 것을, 홍지영은 반대쪽에서 바라보고 있었다.

9시 5분.

사회자의 멘트에 따라 태형그룹의 부회장이 개회사를 했다. 개회사가 끝나기를 기다린 운영 요원 한 명이 무대 한쪽에 나무로 된 작은 물 주걱 두 개를 준비해 올려 두는 것이 임강이의 눈에 띄었다.


9시 15분.

산업부 차관이 축사를 했다. 무대 뒤에 있는 실무자 누구도 주변을 살피느라 그 말을 집중해 듣지 못했다.


9시 30분.

축사를 끝낸 차관과 태형의 부회장이 한자리에 올랐다. 한국의 물레방아에 대해 설명하는 산업부 차관의 말이 모두 통역되어 기계를 통해 나갔다. 현장과 화면 속의 참가자들이 기대에 찬 얼굴로 물레방아를 관찰하는 모습이 무대 화면을 통해 전달되었다. '미래의 친환경 동력, 수력 에너지 개발에 기여하는 태형'으로 시작하는 사회자의 멘트와 함께, 두 사람이 물레방아 앞에 마련된 작은 국자로 물을 퍼서 물레방아 위에 천천히 쏟아 부었다. 도르르 소리를 내며 물레방아가 돌기 시작했다.

9시 40분.

기조연설자로 영국 옥스퍼드 에너지 연구원 소속인 저명 인사 글램 위트콜이 무대에 올랐다.

무대 아래 백사이드에 있던 임강이가 시냇물 근처에서 '툭' 하는 소리를 들은 건 그때였다. 임강이가 곧바로 강혜원을 눈으로 찾았다. 강혜원은 이미 상황을 파악하고 오른쪽 곡선을 향해 뛰어가는 중이었다.

9시 41분.

시냇물 가까이에 있던 참석자가 갑자기 소리를 지르며 일어섰다. 이미 그의 발목까지 물로 젖어 있었다. 그러자 역도미노처럼 순식간에 의자에 앉아 있던 사람들이 우르르 일어섰다. 플라스틱이 꺾이면서 물이 쏟아져 흐르기 시작했다. 얼굴이 샛노랗게 변한 강혜원이 사람들을 뚫고 그 안으로 들어가 물을 손으로 막으며 비켜서라고 소리를 질렀다. 강혜원은 맨발이었고 허리 아래로 물을 뒤집어 쓴 채였다.

9시 50분.

임강이가 무대 위로 올라가 손을 뻗어 물레방아 한쪽을 겨우 잡았다. 물레방아가 돌지 않도록 손을 단단하게 고정하고 싶었지만 자꾸만 엇나갔고 그사이에 빗겨져 나온 나무 가시에 손바닥 한쪽이 찢겨 나갔다. 차가운 물이 임강이의 몸을 삽시간에 흠뻑 덮었다.


9시 55분.

백재현이 나서서 길을 만들고 사람들을 밖으로 내보내기 시작했다. 백재현 하나로는 역부족이었는데 침착하게 사람들을 밖으로 안내하는 사람이 하나 더 보였다. 송라희였다. 임강이와 강혜원은 백사이드에서 만든 커다란 수통에 물이 채워져 있다는 사실을 거의 동시에 인지했다. 임강이가 백사이드로 달려가 물을 빼 달라고 소리를 질렀다. 지배인들 몇이 홀로 달려 들어왔다.


10시 2분.

식음료 팀 지배인들이 컵과 양동이를 들고 와 물을 퍼내기 시작했다. 소용이 없었다. 그걸로 수통을 비우기엔 통이 너무 컸다. 소식을 들은 강혜원이 백사이드로 뛰어 들어갔다.


10시 12분.

물을 비우자 물레방아가 허공에서 세게 돌다가 차츰 속도를 줄였다. 사람들이 로비에서 웅성거리는 소리가 들렸다. 깨진 플라스틱 사이로 흘러 나간 물에 카펫이 젖어 갔다.

10시 23분.

사람들이 웅성거리는 소리가 잦아들었다. 백재현과 알렉스가 대책을 설명하러 로비로 나갔다.


10시 45분.

연회 홀에 남은 사람은 다섯 명이었다. 임강이, 알렉스, 강혜원, 홍지영, 그리고 송라희. 누군가 픽 소리를 내며 젖은 카펫 위에 주저앉았다.

심장에서 피가 솟구치는 수술대 위의 환자처럼 물레방아가 울컥울컥 소리를 내며 마지막 숨을 토해 냈다.


*


박윤수는 턱을 괸 채 조용히 눈을 감고 있었다.

강혜원에게 추궁도, 질책도, 조언이나 충고도 하지 않았다. 한숨도 쉬지 않았고 표정에도 거의 변화가 없었다. 뭔가 골똘히 생각하는 중이었다. 강혜원은 두 손을 모으고 박윤수를 한참 동안 바라보다가 지금은 아무래도 대화에 적절한 타이밍이 아니란 걸 깨달았다. 어색한 공기가 두 사람 사이를 빈틈없이 채우며 관자놀이를 찔러 댔다. 강혜원은 한참을 견디다가 답답한 마음으로 백 오피스를 빠져나왔다. 새카맣게 변한 눈가를 꾹꾹 손으로 누르며 천천히 정원이 있는 쪽으로 걸어 들어갔다. 하늘에는 먹구름이 잔뜩이었다. 정원 너머 4차선 도로에 차들이 지나치는 소리가 들렸다. 강혜원이 신고 있던 낡은 하이힐 굽이 흙 안으로 쑥 들어갔다. 모래 진흙에 돌던 냉기가 강혜원의 발에 차갑게 닿았다.

벤치에 앉아 강혜원은 손을 동그랗게 말아 머리를 감쌌다. 기억나는 장면은 하나였다.

백사이드에 있던 수통에서 호스를 빼낸 강혜원은 손으로 그것을 꽉 붙들고 있었다. 허리 너비의 호스 안에서 물이 콸콸 솟구치는 중이었다. 뛰어온 박윤수가 강혜원을 큰 소리로 불렀다.

"정신 차려. 너 지금 그 호스 백 오피스 쪽이야."

물에 온몸이 젖은 채 강혜원은 검푸른 입술을 떨며 말했다.

"행사를 망하게 둘 수 없어요."

"지하에 있는 니 동료들 생각은 안 해?"

강혜원은 그 말을 듣고도 한동안 호스를 놓지 못했다.

하아. 머리를 숙이고 강혜원은 가슴 아래서부터 올라오는 한숨을 크게 들이켰다 뱉었다. 멀리 사람들의 뒤섞인 음성이 가까워졌다 멀어졌다를 반복했다.

일이 되는 게 대체 얼마나 중요했던 걸까. 그런 생각을 하며 까맣게 변한 휴대폰 화면을 매만졌다. 가끔 손에 닿은 휴대폰이 활성화되면 유란이의 웃는 사진이 화면에 떠다녔다.

소리 없이 바람이 불어와 혜원의 머리칼을 흩뜨렸다. 실패에 대한 인정보다 어려운 건 실망과 무력감이었다. 미천한 자괴감과 기이한 불쾌감이, 묘한 열등감이 강혜원의 앞에 색을 갖추고 나타났다. 그 감정들이 몰고 온 듯 어느새 선차장이 눈앞에 나타나 가볍게 한숨을 쉬더니 강혜원의 옆에 나란히 앉았다.

"여기서 이러고 있냐?"

"비꼴 생각이면 좀 있다가 해. 아직 들을 준비가 안 됐어."

"비꼬려고 온 거 아니야. 사무실에 들어가 봐."

강혜원이 선 차장을 향해 고개를 돌렸다. 그의 눈은 진흙이 사방으로 묻은 강혜원의 구두에 닿아 있었다.

"부지배인이 본인이 다 책임지고 물러나겠대."

쪼그라든 심장이 아래로 쿵 떨어지는 것 같았지만 강혜원은 내색하지 않았다. 입을 다물고 멍하니 선 차장을 바라볼 뿐이었다.

"그대로 조용히 있으면 그냥 지나갈 거다. 아무 일도 없었던 것처럼."

아무 일도 없었던 것처럼. 그 말이 날카롭게 가슴을 찔렀다.

"윤수 선배는?"

"본격적으로 첼로를 하겠대."

강혜원이 엉망인 눈으로 선 차장을 바라봤다.

"선배 떠밀려서 여기까지 온 거 알잖아. 이제 보내 줄 때도
됐지."

"진짜로 일을 그만두고 그걸 한다고? 음악을."

"그거 하려고 지금까지 일해서 돈 번 사람이야."

"그 말을 믿어?"

"왜 안 믿어. 그 사람한테는 그게 진심인데."

진심, 웃기고 있네.

강혜원은 벤치에서 거칠게 일어났다. 박윤수가 이제라도
자신이 하고 싶은 일을 찾아 떠나서, 책임도 떠맡아 준다고
해서, 어떻게라도 일이 해결되어서 다행이라는 생각 따위는
들지 않았다. 구두에 곰팡이처럼 붙은 진흙을 발로 툭툭 밟
아 털고, 강혜원은 백 오피스를 향해 걸었다. 구두 굽에 달라
붙은 진흙덩이가 자꾸만 커져 사슬에 매인 듯 발목을 끌며
걸었다.


강혜원이 사무실 문을 열었을 때 박윤수는 상자 안에 짐
을 챙겨 넣는 중이었다.

"왔니."

강혜원은 다짜고짜 박윤수를 향해 비명에 가까운 소리를
질렀다.

"선배가 뭔데 책임을 져요?"

박윤수는 왼손으로 박스를 붙잡고 오른손으로는 책상 위에 올라온 것들을 박스 안에 넣었다. 와인색 둥근 머그잔을 박스에 담으며 느긋하고 여유 있는 웃음까지 지어 보였다.

"혜원아."

평소와 다를 것 없이 혜원의 '원'자에 힘을 주면서, 박윤수는 사람들이 없는지 강혜원 뒤쪽을 한 번 더 훑어본 후에 입을 뗐다.

"어차피 나는 곧 끝날 거였어. 내가 총지배인까지 가면 안 됐지."

"그게 무슨 소리예요. 왜 안 돼? 선배처럼 능력 있는 사람이 거기까지 가서 길을 터 줘야지. 그래야 여자도 이 업계에서 성공할 수 있다 보여 주지."

박윤수는 대꾸도 없이 몇 초간 침묵했다. 성비상 여자가 훨씬 많은 직업이지만 여자가 총지배인 자리에 오르는 건 거의 없는 일이었고 그 사실을 박윤수가 모를 리 없었다.

"그냥 내가 하고 싶은 걸 찾아가는 거라고 해 주면 안 될까?"

"왜 이제 와서 그래? 솔선수범을 할 거면 끝까지 가야지. 여기서 포기하는 법이 어딨어. 거기 가면 선배가 더 잘될 것 같아?"

"잘되려고 가는 게 아니야."

"근데 왜 가. 잘하는 게 있는데 왜 그만둬?"

"그걸 좋아하니까."

"선배 곧 50이야. 지금이 꿈 찾아갈 때야? 미쳤어요?"

"그러니까. 얼마 안 가 진짜 50이니까. 지금까지 일만 하며 살았으니까. 나도 하고 싶은 것 좀 해 보자."

강혜원은 눈을 끔뻑이며 그 말을 듣다가 물었다.

"그럼 지금까지 한 건 뭔데."

"혜원아, 미안해. 난 여기까지야. 여기서 더 있는 게 나한테 의미가 없어. 차라리 이렇게 된 게 다행이라는 생각도 들어. 넌 이 분야에서 성공하고 싶어 하잖아. 나보다 잘될 거야."

강혜원은 바닥에 미끄러지듯 주저앉았다.

왜 그래, 진짜. 잘되는 게 대체 뭔데.

바닥의 냉기가 소름 끼치게 강혜원의 몸을 파고들었다. 박윤수는 미간에 힘을 주며 강조해 말했다.

"네가 잘될수록 너를 지켜보는 눈도 더 많아질 거야. 그럴 때마다 너한테 목표가 있다는 걸 기억하면서 밀고 가."

"하지 마. 잘할 수 있다고 응원하지 마. 진짜 하고 싶은 걸 찾았다고 말하지 마. 예전처럼 그렇게 말해. 사회는 냉정하다고, 호락호락하지 않다고. 그러니까 한눈팔 생각 말고 어떻게든 돌파구를 찾으라고. 나도 그렇게 할 거라고. 그렇게 말해."

박윤수는 힘이 쑥 빠져나간 눈으로 강혜원을 내려다봤다. 그때 마침 회계 유닛장이 문을 열고 들어와 두 사람 사이에 흐르는 긴장된 분위기를 살폈다.

"다 잘 마무리됐어. 강 지배인은 잠시 휴가라도 쓰지 그래?"

박윤수의 냉정하던 표정은 곧 온화해졌고, 강혜원은 터져 버릴 것 같은 관자놀이의 신경줄을 두 손으로 누르고 있었다.

평일 오후인데도 거리에는 사람들이 많았다. 거리 한가운데 서서 강혜원은 오가는 사람들을 둘러봤다. 무리를 이룬 사람들 열댓이 다가오더니 강혜원의 양옆으로 흩어졌다가 다시 모였다. 멍하니 서서 그들이 지나가게 두었다가 그들 쪽으로 천천히 고개를 돌렸다. 강혜원에게 눈길을 주던 누군가가 금세 시선을 거두었다. 어디로 가야 좋을지 전혀 감이 오지 않았다. 술을 먹은 것도 아닌데 머릿속이 빙글빙글 도는 느낌이었다. 가족, 취미, 나, 그런 것 따위 다 잊고 살아온 지 오래였다. 그런 곳에 마음을 쓰기엔 앞에 놓인 일거리들이 늘 훨씬 더 급하고 현실적이었다.

그렇게 사는 게 뭐, 어때서.

강혜원은 주머니에 있던 휴대폰을 꺼내 들었다. 아이는 여전히 활짝 웃고 있었다. 머릿속을 스치는 건 호준의 선홍색 입술이었다.

너 육아휴직 할 때 아이 보면서 동물이 된 것 같다고 했지? 젖소가 된 기분이라고. 너는 아이 키우는 걸로 절대 만족 못 해.

그렇게 말하지 마. 나 일에 미쳐서 아이 내팽개치는 엄마 아냐.

호준이 헛웃음을 지으며 말한다. 그렇게 믿고 싶은 건 아니고?

강혜원이 소리친다.

너, 나를 그렇게 잘 알아?

호준의 얇은 선홍빛 입술이 닫히며 팽팽한 긴장이 몰려든다. 아마 호준이 옳았을 것이다. 이것은 논리의 문제이기보다 마음의 문제이므로.

웅웅거리는 소란과 뿌연 먼지가 여름 한나절 도시의 흔한 풍경을 만들어 낸다. 차고 비릿한 냄새가 하수도 구멍을 타고 올라온다. 휴대폰 화면을 보고 있던 혜원은 갑자기 무언가 생각난 듯 로터리로 뛰쳐나가 택시를 잡았다. 목적지의 정확한 명칭이 떠오르지 않아 근처 지하철역을 말한 후에 호준에게 연락을 해 보려다 만다. 문자 목록을 뒤져서야 선생님 전화번호 옆에 붙어 있는 장소의 이름을 찾아냈다. 풀잎 어린이집. 아이가 다니는 어린이집 이름조차 잊어버리는 이런 때 혜원은 정말 나쁜 엄마가 된 것 같다. 아닐 거라고, 지금이 정말 특수한 상황인 거라고, 혜원은 스스로를 다독여본다.

혜원은 어린이집 앞 놀이터 미끄럼틀 끝에 앉아 유리창 안쪽의 아이들이 옹기종기 모여 있는 모습을 보았다.

아이는 쉽게 눈에 띄지 않았다. 놀이터 뒤쪽의 품이 넓은 느티나무에서 층층이 다른 높이의 가지들이 뻗어 나와 혜원이 있는 쪽으로 거대한 적갈색 그늘을 드리웠다. 마침 강혜원 또래의 여자가 편한 레깅스 차림으로 어린이집에서 아이 손을 잡고 나왔다. 아이와 여자를 배웅하러 나온 선생님이 강혜원을 보고 다가와 물었다.

"어떻게 오셨어요?"

혜원은 멋쩍게 웃으며 일어났다.

"저. 유란이, 정유란 엄마인데요."

아. 선생님이 혜원을 흥미로운 눈으로 바라보다 말했다.

"여기서 잠깐만 기다려 주세요."

혜원이 다시 미끄럼틀에 걸터앉는 동안 선생님이 들어가 아이를 데리고 나온다. 양 갈래로 머리를 묶고, 혜원이 사 준 옅은 분홍의 반팔 원피스에 흰 카디건을 걸치고, 흰 스타킹을 무릎까지 올려 입은 혜원의 아이가 혜원을 향해 걸어온다.

지친 혜원이 아이를 향해 손을 내민다.

"엄마한테 와."

아이가 혜원을 물끄러미 바라본다.

혜원이 아이 쪽으로 두 손을 뻗는다.

"어서, 유란아."

아이는 선생님의 손에서 손을 떼지 않는다. 혜원은 아이의 눈을 바라본다. 오랜만에 엄마를 보는 아이의 눈에 많은 감정이 차올라 있다. 그리움, 반가움, 사랑, 애증, 분노, 절망. 아이는 그 많은 감정을 담고 혜원을 그저 바라보고만 있다.

"미안해. 엄마가…… 미안해."

아이의 눈에 눈물이 가득 차오른다. 아이는 아이처럼 목 놓아 울지 않고 가만히 제 엄마를 바라보다가 한 걸음 다가간다. 그 모습이 얼마나 어른스러운지, 혜원은 가슴이 찢어질 것 같다.

"유란아, 엄마가 정말 미안해."

유란은 선생님과 혜원을 번갈아 바라보더니 울음을 터뜨려 버린다. 미안해, 내 아가. 혜원이 큰 걸음으로 다가가 유란을 가슴에 안는다. 혜원의 품에서 유란은 계속해서 운다. 그러면서 엄마의 팔에 제 작은 손을 얹는다. 울퉁불퉁해 혜원의 손과 꼭 닮은 유란의 작은 손이, 흙과 침이 뒤엉켜 엉망이 되어 버린 유란의 작고 따뜻한 손이 혜원의 팔에 닿는다. 아이가 전해 주는 온기에 가슴이 불에 덴 듯 뜨거워진다. 미안해, 내 아가. 엄마가 잘못했어. 혜원은 유란을 끌어안고 찬 흙바닥에 주저앉는다. 좋은 엄마가 아니라서 미안해. 머리를 조이는 생각들이 숨을 가쁘게 만든다. 혜원은 아이를 꼭 끌어안는다.


연회장은 텅 빈 창고 같았다. 카펫이 벗겨져 콘크리트 바닥이 다 흉하게 튀어나온 모습이었다. 그게 자신의 민낯인 것 같아 강혜원은 한참 동안이나 그곳을 벗어나지 못했다. 엄마를 떠올리고 싶지만 얼굴이 도무지 생각나지 않는다.

너만 잘되면 된다.

열심히 살았다. 그 말 때문에, 그 말 덕분에, 그 말을 위해서, 최선을 다해 살았다. 엄마가 보고 싶을 때도 엄마가 원망스러울 때도 엄마에게 칭찬을 듣고 싶은 날에도 일을 했다. 잘되면 무엇이 되는 걸까. 그냥 아무렇게나 살아도 됐는데, 무너지고 찢기고 구부러져도 됐는데. 뭐가 그렇게 무서웠을까.

그때 울리는 문자 알림 소리.

강혜원은 휴대폰을 들어 화면에 떠오른 수신인 '박윤수'와 함께 그가 보낸 메시지를 눈으로 따라 읽었다.

너를 위해 살아.

무언가 혜원의 휴대폰 빛을 받아 빛난다. 혜원은 천천히 다가가 그 조각을 쥐어든다. 깨진 플라스틱이다. 혜원은 그것을 들어 올려 바라본다. 조각난 혜원의 왼쪽 얼굴만 플라스틱에 비친다. 강혜원은 그 얼굴을 멍하니 들여다본다.

그 말이 강혜원에게는 박윤수가 끝까지 자신을 지켜 주었

다는 말로 들린다. 나는 무엇을 지키며 살았나, 하는 생각이
든다. 가능하다고 믿었던 모든 것들이 벗겨진 콘크리트 사이
로 숨어 들어가는 것 같다. 어떻게 해야 이 길에서 벗어날 수
있을까. 그렇게 어둠 속에서 한참을 일의 의미와 삶의 소용에
대해 생각한다.

호준의 마음을 알면서 무시해 왔다는 걸 안다. 나는 그의
무엇을 지켜 주었을까.

휴대폰 잠금을 풀고 버튼을 꾹 누르며 천천히 문자를 입력
한다.

—이혼해 줄게.

조금 후에 답이 도착한다.

—아까 있었던 일 들었어. 오늘 힘들었지. 집으로 와.

호준의 한마디에 마음이 무너져 버리는 것 같다. 아무 일
도 없었던 것처럼 호준을 안아 주고 싶다. 검은 동굴 안으로
빨려 들어가 버렸으면 좋겠다.

*

책임의 소재를 가리는 문제는 첨예하다. 논란을 불식시킬
수 있기 때문이다. 그리고 쉽다. 책임을 받아 든 이들을 손가
락질하면 끝나는 문제니까.

문제의 원인을 찾는 일은 그보다 난이도가 높지만 이득이 없다. 원인을 찾으면 돌아오는 일은 다시 책임 소재를 가리는 것뿐이다. 그리고 조직에서는 누구에게 책임을 묻느냐가 너무나 중요한 문제다. 그래야 시시비비를 가릴 수 있으니까.

바로 그 이유 때문에, 김근호 실장이 아까부터 하는 이야기를 홍지영은 귓등으로 흘려 버리려고 자꾸만 딴생각을 하고 있었다. 이를테면 오늘 아침 버스 안 라디오에서 흘러나온 음악 같은 것.

나긋하고 정돈된 음성으로 클래식 음악을 소개하는 문장 중에 홍지영의 귀에 쏙 들어온 이름은 클라라 슈만이었다. 그녀가 작곡했다는 소나타 1번 F 장조가 흘러나온 후에, 디제이가 말했다.

"클라라 슈만은 남편의 사망 이후 작곡을 하지 않았어요. 많은 작곡가들은 슈만에 가려진 클라라의 재능을 안타까워했죠. 남편이 죽은 후에 클라라 슈만은 여전히 자신을 연모했던 브람스와 깊이 교류했는데요, 작곡을 했더라면 우리가 더 좋은 음악을 만날 수 있지 않았을까요. 「오늘 아침 클래식」, 클라라 슈만 탄생 200주년 행사에서 연주된 곡을 조금 더 들어 봅니다."

홍지영은 어렴풋이 클라라 슈만이 200년 후에 자신의 음악을 들을 사람들을 위해 곡을 만들지는 않았을 것 같다고 생각한다. 슈만의 사망 후에도 자신을 흠모하던 브람스에 대해 선을 그었던 것, 그 후에도 남아 있는 아이들을 위한 가장 노릇을 했던 것. 클라라는 남편이 죽은 후에도 계속해서 자신의 몫을 다하며 살고 있었는데, 작곡쯤 하지 않았다고 비운의 여자가 될 필요까지야. 밝혀지지 않은 누군가의 삶을 상상해 제멋대로 해석하는 그 말이 마음에 들지 않았다.

"알아들었지?"

김근호가 목소리를 높였다. 홍지영은 그제야 정신을 차리고 김근호의 마지막 말을 더듬었다.

"퀸스턴에요?"

"퀸스턴은 이미 연회 총괄 지배인이 잘렸고, 아티스틱은 곧 파산 신고를 할 기세야. 우리가 괜히 나설 필요가 없다는 뜻이야."

홍지영은 말없이 김근호의 눈을 바라보고 있었다. 그렇게 해야 한다고 강요하듯 김근호는 목을 울려 큰소리를 냈다.

"그렇지 않으면 너나 내가 옷 벗거나 좌천이야. 그럴 필요는 없잖아."

홍지영은 그 이야기를 다 듣고 돌아섰다.

다이어리와 볼펜을 책상 위에 두고 의자에 몸을 기댄 채 홍지영은 가만히 꺼진 모니터를 들여다봤다. 책임의 소재. 김근호가 달그락거리며 휴대폰을 집더니 통화를 시작했다.

네 이사님, 아닙니다. 오늘은 제가 모셔야죠. 네, 지금 나가겠습니다. 제 차로 가시죠. 네네.

홍지영은 그 소리를 듣고 있었다. 퀸스턴의 총괄 지배인이 책임을 지고 물러났고, 아티스틱은 회사가 무너질 판에, 김근호는 임원들과 점심을 먹으며 뒷일을 모의한다는 사실. 누군가에게는 삶의 근간이 무너질 일이, 누군가에게는 지나가는 바람일 뿐이라는 사실. 그 사실을 확인하며 그 말을 똑똑히 다 듣고 있었다.

"점심 같이 갈래?"

"아뇨. 근로자 위원회 회의가 있습니다."

"아, 그거. 대충해."

홍지영은 입술을 꾹 깨물고 자리에 앉았다.

모니터 안에는 흔적들이 남아 있었다. 오갔던 서류들, 자정에 새벽에 점심시간에 주말에 오고 간 메일들, 함께 북돋워주던 응원의 메시지들.

반팔 셔츠 차림의 김근호가 진회색 재킷을 한 손에 들고 나섰다. 홍지영은 고개를 살짝 꺾어 인사한 후에 자리에 앉았다.

회사 포털 사이트에는 2만 7000명이 넘는 태형그룹 사원들이 접속할 수 있다. 점심을 먹으러 나가는 사람들의 소리가 여기저기서 들려왔다.

홍지영은 공지 게시판의 글쓰기 버튼을 누른다.

인간 친화적인 에너지를 만드는 태형그룹의 방향성과, 이번 행사의 취지와 목적에 대해, 친환경 에너지를 만든다면서 환경 파괴적인 행사를 하는 것이 얼마나 모순적인지에 대해, 행사의 실패에 대해, 가장 큰 원인은 기획실, 무엇보다 자신에게 있다는 사실에 대해, 지금 우리가 책임을 지지 않는다면 앞으로 더 많은 책임을 회피하고 말 거라는 것에 대해 써 내려간다.

부서로 누군가 들어오는 움직임이 느껴진 건 그때였다. 오균성이었다. 아무 일도 없었다는 듯, 고요하고 잠잠한 눈빛으로, 오균성이 자리로 돌아와 실내화로 갈아 신고 컴퓨터를 켜면서 홍지영에게 넌지시 말했다.

"좋았다며?"

홍지영은 고개를 숙여 인사했다. 오균성의 컴퓨터가 모니터를 환히 밝혔다. 오균성이 들으라는 듯, 반쯤 웃음 섞인 목소리로 중얼댔다.

"그러게 나서긴."

유약한 거짓말과 독한 진실의 경계에서 피어나는 것은 슬픔이 아니다. 분노다. 분노를 유발시키는 것은 한 가지 감정이 아니지만, 분노가 공격하는 것은 오롯이 한 가지 감정이다. 그가 상황을 다 알고도 자신의 잘못을 깨닫지 못한다면, 그래서 여전히 홍지영 쪽으로만 비난의 화살을 돌릴 생각이라면, 홍지영은 아직 그에게 더 할 말이 없다.

"덕분에 위에서 앞으로 새로운 시도 같은 건 안 하신단다."

홍지영은 조롱과 비난을 섞어 뱉는 오균성을 뒤로하고 사무실을 빠져나왔다.

홍지영이 지나는 자리마다 비상계단의 센서등이 켜졌다. 불이 밝혀질 때마다 죄책감이 한 겹씩 늘어났다. 비상계단 끝은 밖으로 향하는 아파트 현관 크기의 철문이었다. 기억이 다시 그날로 돌아가 있었다. 기억난 사람은 뜻밖에도 마지막까지 연회장 밖으로 나가지 않았던 송라희였다. 침착하게 사람들의 동선을 정리하고, 초보 지배인들이 허둥지둥하지 않게 할 일을 정리해 주고, 마지막까지 함께 있었다. 송라희가 작별 인사를 하며 홍지영에게 말했다.

홍 대리님, 힘내. 일이라는 게 사는 것처럼 이렇게 엉망진창이고 그래.

그의 눈은 진심이었다.

밖으로 나가자 아직 공사가 끝나지 않은 언덕이 나왔다. 문의 바깥쪽에 서서 홍지영은 포클레인이 할퀴고 간 흔적을 올려다봤다. 산사태라도 난 듯 흙덩어리가 잘게 부서진 채 여기저기 내려앉아 있었다. 물에 뭉쳐져 검붉게 변한 흙은 건물 때문에 빛을 받지 못한 탓에 습하고 축축했다. 유난히 붉은 흙덩이에는 청록색 기다란 물체가 뒤섞여 있었다. 흙덩이에 내려앉은 물 호스인 줄 알고 홍지영이 다가갔을 때 흙덩이가 꼼지락거리며 움직였다.

몸을 세우고 홍지영은 가만히 그것을 내려다보았다. 곧이어 바스스하게 뒤엉켜 있던 생명체의 몸이 뻣뻣해지더니 앞으로 천천히 움직여 흙덩이를 빠져나가기 시작했다. 눈을 크게 뜨고 보니 미끄덩거리는 물체는 초록색 표피가 매끈한 아기 뱀이었다. 초록 뱀이 저보다 수백 배는 거대한 흙덩이 위로 작고 얇은 몸을 천천히 끌었다. 급한 경사에 박힌 돌 때문에 더 이상 올라가기 힘들어졌는지 몸을 돌려 조금 더 완만한 곡선을 따라 올랐다. 아기 뱀이 흙덩이 위에 있는 수풀 더미 속으로 완전히 숨어 들어갈 때까지 홍지영은 그 장면을 바라보았다. 아직 볕이 뜨거운 여름인데, 그늘뿐인 이곳에 가라앉은 공기는 서늘했다.

홍지영은 휴대폰을 들어 도착한 문자를 확인했다. 강혜원이었다.

— 누가 뭐래도 그냥 갈 길 가세요.

홍지영은 눈을 살짝 찡그렸다. 독화살이 날아드는 이 상황을 피하라고 하지는 못할망정, 무모하게 그 안으로 뛰어들라니.

— 달려들어 죽으라는 건가요, 불나방처럼?

— 여기서 죽을 거면 다른 데 가서도 죽고야 말겠죠. 근데

불나방은 죽으려고 불로 달려드는 게 아니에요. 해야 할 일을 하는 거죠. 가야 할 방향으로 가다 보니 불 속으로 들어가야 하는 것뿐이고요.

— 결과를 알면서 계속하는 건 바보 같은 짓 아닌가요.

— 바보 같은 짓이라고 말하기엔 그 불꽃이 너무 찬란하고 귀한걸요.

이어 도착한 강혜원의 문자를 보고 홍지영의 엄지손가락 두 개가 멈췄다.

— 자기가 가야 하는 길이라고 생각하면, 피하지 말고 가라는 뜻이에요.

— 막히면 어쩌고요?

숨을 고르고 있을 때 강혜원으로부터 답이 왔다.

— 어쩌긴요. 돌아서 가야죠. 그것만 길은 아니니까.

초록 뱀이 남긴 곡선의 흔적을 홍지영은 말없이 바라봤다. 침묵 속에서 계속 조금씩 나아가야 하는 건 초록 뱀뿐만이 아닐지도 몰랐다. 거대한 발전기가 웅장하게 돌아가는 소리가 멀리서 들려왔다. 끈적끈적하게 달라붙던 여름의 대기가 모르는 사이 조금 시원하고 가벼워져 있었다. 그 순간 건조하고 차가운 바람이 이마를 두드리듯 스쳐 지났고 홍지영은 푸르고 깊은 하늘을 향해 고개를 들었다. 영원처럼 정지한 것 같은 하늘 위로 구름 떼가 서서히 몰려들고 있었다. 미래를 담보하는 불안에 형체가 있다면 그런 모습일 것 같았다.

안온의 날들아, 이제 안녕이다.

느긋하고 부드러운 음성으로 홍지영은 무심코 혼잣말을 뱉었다. 그러자 마음 한편이 묵직이 차올랐다.

홍지영은 휴대폰을 열고 강혜원에게 답을 보냈다.

—또 만나요. 어디서라도.


탁자 위에는 샌드위치와 커피가 있었다. 점심을 못 먹고 회의에 참석한 근로자 위원들을 위한 배려였다. 성별 쿼터가 있다고 했지만 여자는 홍지영 한 명이었다. 그걸 깨닫고 나자 어쩐지 지긋지긋해졌다.

"근로자 위원 회의를 시작하겠습니다. 비공개 회의니 자유롭게 이야기하시면 되겠습니다. 자, 우선 여직원 대표로 나오신 홍지영 대리께서. 레이디 퍼스트?"

홍지영이 최대한 예의를 차리고 정중하게 말했다.

"위원장님, 요새는 그런 말 잘 안 씁니다."

위원장이 흠칫 놀랐다가 홍지영을 호기심에 찬 눈으로 바라봤다.

"규정집 11조. 노사협의회를 근거로, 제가 근로자 위원이라면 저는 마땅히 직원들을 대표해야 합니다. 고용, 인사, 노무의 차원에서 건강 증진, 생산성 향상을 위해 근로자 위원들이 직원들의 의견을 수렴했던 과정과 회사 협의 과정을 투명하게 공개해 주시고, 직원들과 근로자 위원회와의 대화 시간을 근로시간으로 협의해 주세요. 오랫동안 표류했던 업무 책임제에 대한 논의를 우선적으로 할당해 주세요."

그때 멀리서 작은 탄성이 터졌다. 인사 팀 양 과장이었다. 근로자 위원들이 모두 양 과장 쪽을 바라봤을 때, 양 과장이 홍지영을 바라보며 무심하게 한마디를 던졌다.

"홍지영 대리. 징계 위원회 열린답니다."


회의용 탁자만 빼고는 수용소의 일인실이라고 해도 다를 게 없다. 시멘트가 발린 직사각형 공간, 회사의 상징색인 녹색 원형 시계, 벽을 뚫고 가끔 들어오는 계절감 없는 소음들. 홍지영의 숨소리만 또렷하게 들려온다.

밖으로 나오면 안 된다는 말을 하지는 않았지만 화장실 가는 시간을 제외하고는 세미나실 밖으로 한 번도 나가지 않았다. 오균성이 이런 홍지영을 보면 또 걸고넘어질 게 분명하다. 융통성이라곤 조금도 없는 놈, 하면서. 그럼에도 홍지영은 밖으로 한 발짝도 나갈 수 없다. 회사의 유일한 목표인 이윤 앞에서 회사는 견고하다. 책임과 의무는 실리의 뒷바퀴에 걸려 허덕인다. 회사는 일터고, 일터는 늘상 호의적이지도 매번 배척하지도 않는다. 서로 다른 이해를 가진 사람들이 모여 얽힌 끈을 풀다가 새로운 끈에 얽혀 버리고, 풀릴 수 없을 것 같았던 끈을 쥐고 흔들다 의외의 실마리가 우연히 문제를 풀기도 하는 곳, 그런 곳이 회사다.

임강이는 2주일이 지나 홍지영에게 전화를 걸어왔다. 홍지영이 문자를 보내 안부를 물은 지 사흘이 지났을 때였다. 임강이의 목소리는 생각보다 힘 있고 밝았다. 홍지영은 그 목소리를 듣고 안심했다. 임강이는 도리어 홍지영의 일상을 걱정했다. 홍지영이 세미나실에서 대기 발령 중이라는 사실을 임강이는 전해 들어 알고 있었다. 임강이는 고맙다고 말했다.

"제가 책임을 혼자 뒤집어쓴 것도 아닌걸요. 감사는 나중에 받죠."

"저희가 태형의 지원 덕분에 파산을 면했는데요. 정의로웠달까?"

"정의로운 거에는 관심 없는데요."

홍지영이 말하자 임강이가 큰 소리로 웃었다.

"강박도 계속되면 습관이에요."

빈 세미나실에 임강이의 웃음소리가 울려 가득 찼다. 임강이가 바로 말을 이었다.

"실은 저희 기획사 홍보하러 연락했어요."

"아티스틱요?"

"아뇨. 저희 새로 기획사 차릴 생각이에요."

"저희요?"

"네. 저랑, 알렉스."

홍지영의 가슴에 갑자기 무언가 날아들어 꽂히는 느낌이었다. 임강이가 잠시 시간을 두었다가 말했다.

"백 대표님은 호주로 떠날 예정이세요. 아티스틱의 데이터베이스를 저희에게 넘겨주시고요."

"잘됐네요. 정말 잘됐어요."

홍지영이 말하자 임강이가 되물었다.

"곧 퇴근 시간인데, 저녁에 뭐하세요? 저희랑 저녁 안 드실래요?"

홍지영은 망설였다. 두서없이 머릿속을 맴도는 몇 가지 단어들을 어떻게 조합해 말해야 할지 감이 오지 않았다. 답이 없는 홍지영을 못 기다리겠다는 듯, 임강이가 말했다.

"알렉스가 제안했어요."

하아. 홍지영이 짧게 한숨을 토해 냈다. 지금 출발하면 아마 강남까지 한 시간 반이면 갈 수 있을 거라고, 홍지영은 말했다. 그러자 임강이가 곧바로 덧붙였다. 알렉스가 그 말을 듣고 홍지영을 데리러 가겠다며 지금 나가는 중이라고. 30분이라고 외치고 갔으니 조금만 기다려 보시라고.

전화를 끊은 후에 홍지영은 가만히 앉아 아무것도 없는

책상의 모서리 한쪽 끝을 멍하니 바라봤다. 얼마 전 자리를 옮긴 김 실장도, 다시 기획실의 실세로 떠올라 홍지영의 무능력과 부족한 사회 스킬에 대해 떠들고 다닌다는 오균성도 별로 무섭지 않았다. 알렉스가 지금 이곳으로 오고 있다는 사실, 오직 그것만이 홍지영에게 어떤 의미로 다가왔다.

홍지영은 휴대폰을 들어 홍대성의 전화번호를 화면에 띄웠다. 그 번호를 한참 보고 있다가 휴대폰을 엎어 책상 위에 올려 놓았다. 누구의 조언도 필요하지 않았다. 그냥 여기에 내가 알 수 없는 무언가를 느끼고 있다는 사실이 중요할 뿐이었다. 가슴 앞섶을 더듬어 심장 뛰는 소리를 느끼다가 홍지영은 자리에서 일어났다. 찌익, 하고 의자 끌리는 소리가 들렸다.

그가 도착할 시간이었다.

홍지영은 가방을 어깨에 메고 의자를 밀어 넣은 후에, 한 걸음 물러서 세미나실을 둘러봤다. 유리창 밖으로 움직임이 없는 건물들과 작은 산의 정상이 눈에 들어왔다. 정상의 나무들이 작게 흔들리며 일렁이는 빛을 뿌려 주는 것 같았다. 영원히 정지한 것 같은 도시의 풍경 위로 알 수 없는 그림자들만 간혹 움직였다. 홍지영은 그 장면을 물끄러미 보다가 입꼬리를 올려 작게 웃었다. 그러곤 굽었던 어깨를 바로 펴면서 세미나실의 문을 활짝 열었다.

하지 못했던 말이 홍지영의 가슴을 두드리고 지나갔다.

# 작가의 말

회사를 그만둬야겠다고 결심한 건 이 소설을 구상하기 시작했을 즈음이었다. 쏟아지는 글감의 파편 속에서 변하지 않는 것이 있었는데, 인물들은 일하는 사람들이고 사건이 벌어지는 장소나 시간은 일상에서 멀지 않다는 것이었다. 그런데도 나는 내가 만들고 있는 이야기 속 일상이 소소하지만은 않다는 생각에 빠지곤 했다. 완전한 착각도 아닌 것이, 인물들과 씨름하다 소설에서 빠져나오면 내가 사는 세상도 블록버스터였다. 비슷하게 보이는 하루가 알고 보면 로맨스, 스릴러, 미스터리, 전쟁, 공포물이었다. 하물며 그것을 재료로 만든 소설은 더 그렇지 않을까.

그런 고민을 할 즈음에 강혜원이 떠올랐다. 새벽 어스름에 힘겹게 일어나 부스스한 얼굴로 집을 나서 일터로 가는 더없이 평범한 모습으로. 나 역시 그처럼 어제의 피로를 온몸에 묻힌 채 출근길에 나서곤 했다. 그런 익숙한 날들을 흘려보내다가 내 앞으로 다가온 홍지영을, 임강이를 나는 기꺼이 마주했다. 한 명씩 소설 안으로 들어올 때마다 응원을 해 줬다. 당신이 가진 욕심, 경쟁의식, 허무함, 사랑, 경멸, 치부 같은 것을 있는 그대로 보여 주면 된다고 말했다. 일을 하는 게 대체 뭐냐고, 그들이 물을 때마다 소설 밖의 나도 그 물음을 되짚으며 썼다.

진짜 퇴사한 시점에는 진행하던 프로젝트가 한창이었다. 일거리를 넘겨주며 미안해서 밥을 많이 샀다. 프로젝트를 진행하는 동안 나를 대신해 동료들이 겪어야 할 고초가 눈에 선했다. 일 대신 글에 몰두하면서, 나는 일과 관계의 소용돌이에 무참히 휘말리던 시절을 떠올렸다. 힘에 부쳐도 밀고 나가야만 하는 것들이 있었다. 그러면서 생각했다. 대체 그 안에 있던 나는 뭐였을까, 나는 왜 맡았던 일들을 조금 더 잘해내고 싶었나, 과연 돈을 벌기 위해서만 일을 했던 걸까.

그러므로 이 소설은 지긋지긋하고도 찬란한 세상에 매일 나를 밀어 넣으며 고행을 떠나는, 일하는 모든 이에게 보내는 애정의 메시지다. 저마다 맡은 일도 다르고 일하는 속도나 방법도 다르지만, 어쨌든 일을 하며 힘을 내고 인정을 갈망하고 보람도 느끼는, 자기 일을 매 순간 조금씩 해 나가는 사람들을 위한 진심의 응원이다. 무엇보다, 숨 쉬는 생명은 모두 자신에게 주어진 몫을 이미 충분히 해내고 있다는 믿음의 이야기다.

두 권의 책을 함께 작업하며 우정과 신뢰를 나눈 김세영 편집자와 민음사, 같이 걷는 친구들에게, 강혜원, 홍지영, 임강이와 그 밖의 인물들에게, 소설의 디테일을 완성시켜 준 호텔리어들과 PCO 기획자들에게, 최선을 다해 일하게 해 준 나의 전 직장에, 좋은 이야기를 쓰고 싶다는 다짐을 거듭하게 만드는 세상의 좋은 작가들과 독자들께 감사와 애정의 인사를 전한다.

2022년 1월
최유안

# 추천의 글

똑바로 걸어 나가는 일에는 뒷배를 맡긴다는 믿음이 필요하다. 『백 오피스』의 여성들은 각기 다른 입장 속에서 서로 의지하기를 선택하고야 만다. '자신만 잘해 내면 된다'와 '타인에 기대어 잘해 낼 수 있다'는 다른 태도다. 후자의 믿음은 일이 성사되었을 때 함께 걸어온 이가 있음을 잊지 않는 것이기에 중요하고, 일을 그르쳤을 때 특정인의 고립을 선택하지 않기에 더 빛난다. ── 선우은실(문학평론가)

"이야기의 틈은 마음으로 채워야 한다는 걸 쓰는 동안 잊어버린 탓이다." 미처 끝내지 못한 이야기와 그 이유를 들려 달라한 취재가 최유안 작가와의 첫 만남이다. 1년 내내 써 내려간 900여 매 분량의 원고를 단숨에 덮어 버린 이유가 '마음'이라니. 그리고 오늘, 나는 『백 오피스』를 단숨에 읽어 내렸다. 자기 앞에 놓인 일에 진심인 사람들, 일을 사랑한다는 사실을 부끄럽게 여기지 않는 이들의 마음을 끊어 읽기란 불가능해서. 마음으로 빼곡하게 메워진 소설을 마주했다. 마침내 최유안의 이야기가 완성되었다. ── 김은희《지큐》피처에디터)

오늘의
젊은 작가
**34**

# 백 오피스

최유안 장편소설

1판 1쇄 펴냄  2022년 1월 28일
1판 3쇄 펴냄  2022년 7월 6일

지은이  최유안
발행인  박근섭·박상준
펴낸곳  (주)민음사

출판등록  1966. 5. 19. 제16-490호
주소  서울시 강남구 도산대로1길 62(신사동)
    강남출판문화센터 5층(06027)
대표전화  02-515-2000 | 팩시밀리  02-515-2007
홈페이지  www.minumsa.com

ISBN  978-89-374-7334-0 (04810)
ISBN  978-89-374-7300-5 (세트)

* 잘못 만들어진 책은 구입처에서 교환해 드립니다.

**당신이 소장해야 할 한국문학의 새로움, 오늘의 젊은 작가 시리즈**